Amante mediterráneo

Maggie Cox

Bianca®

HARLEQUIN®

Editado por HARLEQUIN IBÉRICA, S.A.
Hermosilla, 21
28001 Madrid

AMANTE MEDITERRÁNEO, Nº 1721 - 13.12.06
Título original: The Mediterranean Millionaire's Mistress
Publicada originalmente por Mills & Boon®, Ltd., Londres.

I.S.B.N.: 84-671-4347-9
Depósito legal: B-43522-2006
Editor responsable: Luis Pugni
Composición: M.T. Color & Diseño, S.L.
C/. Colquide, 6 - portal 2-3º H, 28230 Las Rozas (Madrid)
Fotomecánica: PREIMPRESIÓN 2000
C/. Algorta, 33. 28019 Madrid
Impresión y encuadernación: LITOGRAFÍA ROSÉS, S.A.
C/. Energía, 11. 08850 Gavá (Barcelona)
Fecha impresion para Argentina: 11.6.07
Distribuidor exclusivo para España: LOGISTA
Distribuidor para México: CODIPLYRSA
Distribuidores para Argentina: interior, BERTRAN, S.A.C. Vélez Sársfield, 1950. Cap. Fed./ Buenos Aires y Gran Buenos Aires, VACCARO SÁNCHEZ y Cía, S.A.
Distribuidor para Chile: DISTRIBUIDORA ALFA, S.A.

Capítulo 1

HABÍA perdido a su mejor amiga y descubierto que no era quien creía ser... y todo en un par de semanas.

Eran dos acontecimientos demoledores, que habían catapultado a Ianthe desde la seguridad de su vida hasta la atemorizante esfera de lo desconocido; y en aquel doloroso proceso, se había encontrado con una realidad totalmente nueva.

–Bueno, ya que estoy aquí, tendré que aceptarlo lo mejor que pueda –dijo.

Miró hacia el espejo, y frunció el ceño al ver la duda en las profundidades acarameladas de sus ojos marrones; intentó sofocar la desconcertante sensación de intentar mantener el equilibrio mientras una profunda fisura se abría a sus pies.

–Sigue respirando... tú sólo sigue respirando.

Allí de pie en la habitación del hotel, su propio consejo sonó un poco superficial; sin embargo, se aferró a él mientras permanecía inmóvil, hasta que el terror se desvaneció un poco y pudo volver a respirar con normalidad. Un hilo de sudor se deslizó entre sus pechos. Se enfrentaría a aquello... tenía que hacerlo, ya no había más redes de seguridad para salvarla si caía.

Desde el momento en que había decidido volar a

aquella pequeña isla griega que había elegido al azar en un mapa, sintiendo una turbulenta mezcla de dolor y excitación porque allí iba a empezar la búsqueda de sí misma, Ianthe se había prometido que evitaría todo lo que pudiera parecer rutinario. Iba a encontrar el espíritu aventurero que llevaba dentro, aunque tuviera que obligarlo a salir a la fuerza con una escopeta.

–No hay vuelta atrás, Ianthe, así que será mejor que te hagas a la idea y lo aceptes.

Aquella vez su consejo no le pareció tan superficial, y sintió una oleada de determinación que la impulsó con propósito renovado. Tenía veintinueve años, hasta hacía poco había sido la propietaria de un negocio floreciente y exitoso, y no podía negar que su vida había sido bastante normal. Hija única y adorada de unos padres que la habían tenido pasados ya los cuarenta, le había sido inculcada desde pequeña la necesidad de ser cauta; por eso casi nunca actuaba espontáneamente, y jamás se había rebelado contra la situación.

Hasta tres meses atrás, claro... cuando unos inesperados acontecimientos la habían abrumado e impulsado a actuar como nunca antes lo había hecho.

Ianthe cerró la puerta de la habitación, y acuciada por la repentina necesidad de estar entre más gente, se apresuró a bajar por los escalones estilo «baños romanos» que conducían a la pequeña recepción del hotel. Era consciente de cómo el eco de sus pasos era lo único que alteraba la atmósfera silenciosa que la rodeaba, y el sonido de sus chancletas contra el frío suelo de mármol le pareció demasiado ruidoso.

Tras dejar la llave en su lugar correspondiente del

casillero de la pared, salió al resplandor del sol y a la amalgama de aromas de la calle. No sabía lo que iba a hacer en su primer día en la isla, pero precisamente se trataba de eso. En vez de planearlo todo hasta la saciedad, se dejaría llevar; no iba a intentar anticipar el resultado de cada decisión, sino que iba a abrirse a las oportunidades que se fueran presentando.

Mientras caminaba por la estrecha y resbaladiza calle empedrada, Ianthe se obligó a relajar los hombros y a aflojar el paso, recordándose que estaba de vacaciones, no corriendo un maratón. Inhaló con fuerza en un gesto decidido, y el aire estaba tan cargado de aromas deliciosos que le resultó difícil decantarse por uno. Lo único que tenía claro era que la mezcla balsámica era estimulantemente diferente de cualquier cosa que hubiera experimentado en muchísimo tiempo.

Minutos después, sentada en una taberna junto al mar, con manteles azul marino y sombrillas a juego, Ianthe observó con interés los yates pecaminosamente glamurosos que estaban atracados en el puerto frente a ella. Parecían estar llamándola y pidiéndole que los admirara, pero aunque sus líneas perfectas y su estructura resplandeciente la fascinaban, no despertaban en ella ninguna envidia. Ni siquiera una riqueza inimaginable era coraza suficiente para proteger a alguien de la agonía de una traición, o de la pérdida de un ser querido.

Su mejor amiga, Polly, había muerto de cáncer de pecho sin que ella supiera siquiera lo gravemente enferma que estaba. Y menos de tres meses después, al hacerse unos análisis de sangre rutinarios, el médico le había preguntado inocentemente por la nacionalidad de sus padres. Aquello había hecho que surgiera en su mente la sombra de la duda sobre sus orígenes; en el pasado, había tenido aquella misma duda en varias ocasiones, pero cuando les había planteado la cuestión de forma tentativa a sus innegablemente británicos padres, ellos la habían tranquilizado. Mirando atrás, se daba cuenta de que nunca se había convencido del todo, pero había aceptado su palabra y había dejado a un lado aquel asunto tan perturbador.

Pero esa vez se había enfrentado a sus padres con sus sospechas, les había exigido la verdad, y se había quedado atónita al descubrir que sus dudas estaban fundamentadas.

«Ten cuidado con lo que buscas, porque quizás lo encuentres». Ianthe desearía haber tenido en cuenta esas palabras, porque se había encontrado con el hecho de que sus padres no eran su familia biológica. Cuando la historia completa y casi increíble había salido a la luz, había descubierto que la habían adoptado siendo un bebé, después de que su madre biológica la abandonara en un cesto de ropa de un hospital. La única identificación que había llevado encima era una pequeña nota que decía:

Se llama Ianthe.

En ese momento, al llevarse una taza de cremoso café a los labios, tuvo que parpadear para intentar contener las lágrimas que inundaron sus ojos tras sus enormes gafas oscuras, aunque no lo consiguió del todo. Ni siquiera el dinero podía proteger a una persona de los golpes inesperados de la vida, que la arrancaban de una vida segura y la arrastraban a un oscuro abismo sin fondo. Al final, Ianthe había puesto en venta sus dos tiendas de ropa, que habían abarcado el creciente mercado de estilo bohemio chic y retro, y había decidido deshacerse para siempre de su predecible y segura rutina.

Ya era libre de cualquier atadura, y su vida era un camino desconocido con un destino incierto. En adelante tendría que amoldarse a ello, ya que no tenía un trabajo al que regresar, ni una pareja que se preocupara de adónde la llevaría su búsqueda, ni una mejor amiga en quien confiar. Y en cuanto a sus padres... había tenido la primera pelea seria con ellos. No entendía por qué habían tardado tanto en decirle que era adoptada, y ni siquiera estaba segura de si le habrían contado la verdad si ella no se hubiera enfrentado a ellos con sus sospechas. ¿Por qué la habían engañado?, ¿por qué le habían ocultado también que había tenido un hermano que había muerto a los cuatro años... un año antes de que la adoptaran a ella? Por eso la habían protegido tanto, aunque en parte lo habían hecho con mentiras.

Incluso Polly le había mentido. Su marido, Tom, le había confesado después que su amiga lo había hecho porque sabía que su prognosis la destrozaría. Sus padres habían defendido sus engaños de una manera inquietantemente similar: habían dicho que sabían que ella se habría sentido destrozada. Ianthe se había preguntado por qué todos ellos la consideraban tan incapaz de afrontar la verdad.

Sintió que un escalofrío de angustia recorría su espalda y tomó otro sorbo de café, pero la bebida se había enfriado. Tras pagar la cuenta y dejar unas monedas de propina para el camarero, se dirigió hacia una galería de arte sobre la que había leído en un folleto de la isla. Planeaba perderse allí un par de horas, y con un poco de suerte encontraría la inspiración necesaria para decidir qué hacer; su nueva vida era precariamente impredecible, y empezaba a pensar que quizás había sido un poco temeraria al tomar unas decisiones tan precipitadas.

Lysander Rosakis bajó ágilmente de la pequeña barca de pesca, se despidió del amigo que lo había acompañado, pero que se dirigía a un restaurante en otra ensenada para vender su yate, y se rió cuando el hombre le lanzó un comentario jocoso. Mientras se dirigía hacia su casa por el camino junto al puerto bajo el sol implacable, intentó sofocar la ligera sensación de inquietud que empezaba a crecer en su estómago; no podía dar nombre a aquella emoción ni explicarla, pero no era necesario, porque estaba muy familiarizado con ella.

La última vez que había estado en su casa de la isla había sido junto a Marianna, su esposa; sin embargo, en ese momento estaba en aquel sitio que tanto adoraba solo. Habían ido allí dos veranos atrás, unos meses antes de la fecha prevista para el nacimiento de su hijo, en un intento desesperado de cicatrizar las heridas que había dejado la aventura que Marianna había tenido el año previo.

Lysander recordaba aquel verano con dolor, y su paso se hizo más lento cuando resurgió implacable el recuerdo agridulce. En aquel momento, no había sabido que a su tristeza por la fragilidad de su matrimonio se le sumaría el sufrimiento por los terribles acontecimientos que ocurrirían al volver a Atenas. El parto de Marianna se había adelantado, y ni el niño ni ella habían sobrevivido.

Lysander sintió unas terribles punzadas en la sien, y se llevó una mano a la zona en un intento automático de paliar el dolor. Sin embargo, la aguda sensación se mostró angustiosamente obstinada, y se sumó a la frustración y la rabia que sentía hacia Dios por no evitar la terrible cadena de acontecimientos que habían destrozado su vida.

Tras lanzar un amargo juramento, se preguntó qué había hecho para merecer un tormento así; ¿acaso no había sido un buen hijo griego? Había seguido los pasos de su padre en el negocio del comercio marítimo, había forjado su propia carrera de éxito, y había llegado a ser alguien respetado en su esfera social. ¿Acaso no había abandonado su deseo de dedicarse a la fotografía, para seguir la tradición familiar?

Marianna nunca había entendido su trabajo fotográfico, y se había puesto de parte del padre de él. Ella adoraba el prestigio y la posición social derivados de su matrimonio con un hombre de su fortuna e influencia, algo que ni siquiera su distante pero muy recalcada conexión con la aristocracia le podía dar. Marianna había insistido una y otra vez en que dejara a un lado sus sueños «absurdos» y se centrara en ser un hombre de negocios exitoso, pero en ese momento los frutos de su éxito habían ido perdiendo su valor, y él ya no sabía qué pensar.

La traición de Marianna, y su posterior muerte junto a su hijo, habían provocado heridas en su alma que quizás nunca llegarían a cicatrizar del todo; además, su experiencia matrimonial lo había dejado con una visión cínica de las relaciones sentimentales que rozaba el desprecio total. Sus sueños de juventud de tener una familia propia habían quedado destruidos, y habían cambiado su vida para peor. Y aunque era cierto que en los últimos tiempos estaba avanzando en su mayor pasión, la fotografía, y continuaba al frente del negocio Rosakis, estaba más solo que nunca. No tenía ni hijo ni esposa, cada vez se iba retrayendo más, y sólo de vez en cuando buscaba la compañía de unos cuantos buenos amigos de confianza.

Afortunadamente, aquél era uno de los pocos sitios en Grecia donde nadie lo molestaba; la gente de la zona conocía su tragedia, claro, ya que los rumores se extendían con facilidad por las islas griegas y su familia era muy conocida, pero los isleños eran muy respetuosos y amables, e incluso protegían su intimidad. Lysander se sentía muy agradecido por ello.

En aquel momento, deseó haber acompañado a su amigo a la otra ensenada, en vez de ir a una casa vacía para comer solo, y miró hacia las altas paredes de la galería de arte de su amigo Ari; las puertas estaban abiertas bajo el sol del mediodía, y Lysander decidió entrar.

Ianthe se sentía fascinada por el brutalmente franco retrato en blanco y negro de una anciana griega; el sufrimiento que emanaba de aquellos ojos oscuros que devolvían su mirada, enmarcados por una miríada de profundas arrugas sin duda provocadas por las dificultades de la vida, la había atraído desde el momento en que había entrado en la galería. El sutil aroma a incienso de madera de cedro y el tono azafrán de las paredes daban a la sala un ambiente agradable y acogedor, y mientras cruzaba el suelo de madera, Ianthe había tenido que contenerse para no correr hacia el increíble retrato de la mujer. Había recorrido el resto de salas para contemplar las otras obras, pero volvía una y otra vez hacia aquélla en concreto.

Era un trabajo cautivador, una ilustración descarnada de una vida de lucha contra la tragedia y el dolor, y probablemente también de un trabajo físico cuya dureza pondría a prueba incluso al ser más fuerte y decidido; el retrato hablaba de una vida bajo un sol cruel y despiadado, que unido a la pobreza y soportado día a día, podía desangrar el alma hasta secarla. El rostro era un triunfo de la supervivencia sobre el desastre, demostraba el valor de seguir adelante a pesar de que la idea de aguantar otro día abrasador y extenuante era casi insoportable, y tocaba algo profundo y dolorido dentro de Ianthe que rogaba ser liberado. No sabía cómo podía saber tanto sobre una desconocida, pero así era. El poder del retrato era tal, que lo revelaba todo.

Con las emociones a flor de piel, Ianthe se identificó con la agonía muda de la mujer; el retrato tocaba los oscuros rincones de su ser donde aquellos días bullían la rabia y la traición, una sensación de abandono e indefensión, y un profundo temor de que sus padres prefirieran al hijo que habían perdido antes que a su hija adoptiva.

Estaba tan absorta en la obra, que al principio no notó al hombre alto vestido con vaqueros y camiseta negra que se había detenido cerca de ella para observar también la fotografía. Pero había algo en su presencia que parecía llamarla en silencio, e incapaz de resistirse, lanzó una mirada de reojo para ver de quién se trataba.

Cuando sus ojos se encontraron con los del desconocido, Ianthe sintió que la arrastraba un remolino de emociones. Sintió como si una flecha ardiente la hubiera atravesado, y que se derretía bajo su tórrido calor. El hombre tenía el cabello rubio color miel, despeinado y cortado de forma engañosamente informal, su mandíbula era fuerte, arrogante y cincelada, y tenía los ojos más increíblemente azules que ella hubiera visto jamás, del color de un cielo de verano. No sabía especificar el tono exacto... ¿añil, violeta?, pero eran fascinantes, y hacían que sus piernas flaquearan como las de una marioneta.

Perfectamente consciente de que se lo había quedado mirando encandilada, algo impropio de ella, Ianthe empezó a volverse, pero entonces él dijo:

–*Ya sas.*

La voz masculina era profunda, y contenía una pregunta aterciopelada que hizo que el interior de Ianthe se tensara de forma casi insoportable.

–Hola –respondió ella, mientras fruncía ligeramente el ceño.

No había esperado que él le prestara ninguna atención, y mucho menos que se dirigiera a ella, y se sentía muy sorprendida. Deliberadamente, volvió la mirada hacia el retrato, y se dispuso a esperar unos segundos antes de irse educadamente a otro sitio.

–¿No eres griega? –preguntó él, y sus carnosos y firmes labios esbozaron una sonrisa especulativa.

Los ojos de Ianthe gravitaron por voluntad propia

hasta la poderosa forma de sus bronceados bíceps; parecían tan fuertes, que se le hizo la boca agua, y tuvo que luchar para controlar su fascinación.

–Eh... no. Inglesa. Soy inglesa –se encogió de hombros en un gesto de disculpa, y empezó a alejarse del retrato que la había cautivado tanto.

–Podrías pasar por griega –dijo él, y tras recorrer con la mirada su rostro y su cuerpo con naturalidad, añadió–: supongo que te lo habrán dicho otras veces, al menos en Grecia, ¿verdad?

Aquello era cierto; en casi todas las tiendas en las que había entrado el día anterior tras su llegada a la isla, la gente se había dirigido a ella en griego, pensando que ella entendería y respondería en el mismo idioma. Era algo que confirmaba lo que la policía había sospechado al encontrarla en la cesta veintinueve años atrás; en la nota que su madre había dejado entre su ropa, la palabra «Ianthe» estaba escrita tanto en inglés como en griego, por lo que era muy probable que la mujer tuviera aquella nacionalidad. Habían creído que seguramente estaría trabajando en Londres en algún hotel cercano como camarera, o con alguna ocupación similar.

–La gente ve el color de mi pelo y de mis ojos, y supongo que creen que... –la atenazaron una inquietud y una melancolía repentinas, y no pudo seguir hablando. Volvió a intentar marcharse para dejar que el desconocido pudiera disfrutar en paz de la fotografía, pero él la sorprendió cuando pareció querer continuar la conversación.

–¿Te gusta esta fotografía? –le preguntó él, mirándola a los ojos.

Ianthe sintió que se sumergía en un embriagador

mar azul, y tuvo dificultad para pronunciar una sola palabra; ¿cómo podía decir algo coherente al mirar unos ojos como aquéllos?

–Me gusta mucho.

No le gustaba nada parecer tan nerviosa, como si nunca antes hubiera hablado con un hombre atractivo; se humedeció los labios resecos, e intentó explicar sus impresiones.

–Pero la verdad es que siento que estoy entrometiéndome en un gran dolor cuando la miro; hace que quiera reconfortar a la mujer de alguna forma, me encantaría saber más sobre ella. El fotógrafo debe de ser un verdadero genio para poder haber captado tanto, ¿verdad?

–No es ningún genio, te lo aseguro.

–¿Lo conoces?

–La fotografía es mía.

–Quieres decir que... ¿te pertenece?

–Quiero decir que yo la hice.

Sin sonreír, él se volvió y contempló la obra con lo que a Ianthe le pareció una expresión más crítica que admirativa. Ella estaba atónita por haber conocido al creador de la obra más impactante que había expuesta, y sabía que su placer y su sorpresa se reflejaban en su rostro.

–Debes de estar muy orgulloso de tu trabajo, yo creo que es fantástico –le dijo con sinceridad.

Lysander contempló a la mujer con más curiosidad de la que quería admitir, pero era innegable que ella había captado su interés. No tenía la increíble belleza de Marianna, pero era extremadamente atractiva, con unos enormes ojos oscuros y una boca exuberante. Cuando se había acercado a ella al ver que estaba contemplando su obra, que por cierto era su retrato favorito de todos los que había hecho, había admirado aquel cabello oscuro que llegaba hasta media espalda y brillaba como una perla negra, y aquella figura de formas perfectas.

Los pantalones blancos de lino que ella llevaba enfatizaban un trasero firme, unas caderas redondeadas y una cintura que un hombre podría abarcar con las manos. Cuando la había visto por delante, había observado con placer que estaba muy bien dotada en los lugares adecuados. Cualquier hombre con sangre en las venas apreciaría las sensuales curvas femeninas que revelaba la camiseta de seda rosa sin mangas que ella vestía. Además, también le gustaba su voz; había algo atrayente que lo intrigaba en su acento inglés.

De repente, Lysander se dio cuenta de que no quería que ella se fuera; estaba cansado de estar a solas con su propio ánimo taciturno, y necesitaba una distracción agradable, como aquella mujer. Con una sonrisa, le dijo:

–Te agradezco el cumplido.

En aquel momento, la mujer griega que supervisaba la entrada a la galería puso un CD en el reproductor que tenía en su mostrador, y el sonido de un arpa y de una voz céltica inundó la sala. La música captó la atención de Ianthe, y con ojos brillantes comentó:

–¿Sabes de quién es la canción? ¡Me encanta!

En aquel momento, la resolución de Lysander de no dejarla escapar se convirtió en una misión casi vital; estaba claro que aquella guapa turista inglesa apreciaba las cosas hermosas de la vida, y sería agradable pasar un par de horas en su compañía.

–Le preguntaremos a Leonie el nombre del CD al salir –respondió con naturalidad–; me gustaría invitarte a comer, ¿me concederás ese honor?

–No creo que...

–¿Has venido con tu marido o con tu novio?

–No, no tengo ningún compromiso... en este momento –Ianthe sintió que se sonrojaba. ¿Por qué le había dicho aquello?, ¿por qué? Quizás pensaría que ella quería algo más que una cita.

Sin embargo, a él pareció gustarle su respuesta, y dijo:

–Me llamo Lysander, y si le preguntas a Leonie, ella te confirmará que soy el autor de este retrato, y que tanto ella como su marido, Ari, me conocen bien. Bueno, te he dicho mi nombre, así que ahora te toca a ti decirme el tuyo.

–¿Lysander? –Ianthe frunció el ceño, pensativa–; ¿no era un personaje que tenía algo que ver con los espartanos?

El comentario lo sorprendió tanto, que se echó a reír con placer; Leonie los miró, y sonrió al ver a Lysander Rosakis disfrutando de la compañía de una mujer atractiva de nuevo.

–Fue un general espartano, no demasiado popular entre los atenienses, ya que los venció en la Guerra del Peloponeso. ¿Cómo lo sabías?

–Me interesa la Historia.

Ella se sonrojó, y Lysander la contempló con mayor atención.

–Aunque es un tema fascinante, sigo queriendo saber tu nombre –le recordó.

Ianthe se planteó si realmente quería comer con aquel atractivo desconocido; él la intrigaba, pero

¿cómo podía estar segura de que podía confiar en él? Estaba sola en aquella isla, y nadie lo sabría o se preocuparía si le pasaba algo...

«¡Venga ya, no seas ridícula!», se dijo a sí misma con irritación; «lo único que puede pasarte es que pases un buen rato. Por el amor de Dios, Ianthe, ¡vive un poco!» Aquellas palabras resonaron en su mente con la voz de Polly; su maravillosa y a veces exasperada amiga le había dicho a menudo cosas así, sobre todo cuando Ianthe se preocupaba innecesariamente sobre alguna invitación o algún evento social, y enturbiaba algo que debería ser agradable. A veces, las incesantes súplicas de sus padres de que fuera cauta eran como una cadena que la oprimía.

Ianthe recordó que estaba a kilómetros de distancia de la vida con la que estaba familiarizada, y que se había prometido a sí misma aprovechar las oportunidades que fueran surgiendo, así que tomó su decisión; sonrió con determinación a aquel hombre tan abrumadoramente atractivo, y le dijo:

–Me llamo Ianthe.

Él no había mencionado su apellido, y ella siguió su ejemplo; probablemente, no volviera a verlo después de la comida, de modo que era algo intrascendente. Sería divertido permanecer en el anonimato... ser una Ianthe distinta, sin las ataduras habituales de sus restricciones y de su conformismo.

–¡Es un nombre griego! –él no se molestó en ocultar su sorpresa, y sus ojos se entrecerraron mientras seguía mirándola con atención.

–Sí –ella se encogió de hombros en un gesto casi de disculpa, incapaz de explicar que estaba en una especie de búsqueda personal... que era posible que tuviera sangre griega, pero que no sabía cómo iba a descubrir la verdad sobre su ascendencia, o si conseguiría hacerlo siquiera.

–Vamos a comer, y podremos seguir hablando –dijo Lysander, y cuando tocó ligeramente su mano, no le pasó desapercibida la mirada sobresaltada de placer que brilló en los hermosos ojos oscuros de ella.

Capítulo 2

CÓMO eliges a los modelos para tus fotografías? –preguntó Ianthe, antes de comer una aceituna que había seleccionado de su plato de ensalada típica de la zona.

Estaban sentados en una taberna en lo alto de una colina, con la chispeante iridiscencia del mar como un fantástico telón de fondo; dos transbordadores con pasajeros se cruzaban en la distancia, dejando un rastro espumoso a su paso.

Lysander permaneció pensativo unos segundos, y aunque sus cautivadores ojos estaban ocultos tras unas gafas de sol, Ianthe podía sentir la intensidad del escrutinio de su mirada; era como si él estuviera haciéndole en silencio las preguntas más íntimas que un hombre podía plantearle a una mujer.

–La señora de la fotografía posó para mí por casualidad –contestó Lysander, encogiéndose de hombros, mientras tomaba un poco de pan y lo dejaba en su plato.

La mirada de Ianthe se vio atraída de inmediato hacia aquellas manos bronceadas de uñas perfectamente cuidadas; eran unas manos de artista, pero no ajenas al trabajo duro.

–Había estado viajando por algunas de las islas más pequeñas, y llevaba mi cámara. Un día me perdí mientras paseaba, así que me detuve en una casita para pedir que me orientaran; era la casa de Ifigenia, la mujer del retrato. Me ofreció la poca comida que tenía, y me contó su historia; cuando acabamos de comer, mostró curiosidad por la cámara, y me preguntó si quería hacerle una foto. Yo le dije que por supuesto que sí, y el resultado lo has visto en la galería.

Ifigenia lo había conmovido profundamente con su amabilidad y su humildad. La había conocido tan sólo tres meses después de la muerte de Marianna; había sentido la necesidad de estar un tiempo solo, de encontrar el significado de un mundo que ya no entendía, así que había dejado el negocio en manos de personas de su confianza, y se había ido de viaje. La familia entera de Ifigenia había muerto por enfermedad... su marido, su hijo, su hija... pero ella no sentía amargura, ya que estaba plenamente convencida de que volverían a reunirse todos tras su muerte.

Lysander había estado a punto de suplicarle a Dios que cumpliera el deseo de aquella mujer, aunque no albergaba las mismas esperanzas de reunirse con el hijo que él había perdido. Aquél era un milagro en el que le costaba demasiado creer, sobre todo porque era probable que no se lo mereciera. Nunca había conseguido desprenderse de la sensación de que quizás estaba siendo castigado, porque había sido incapaz de perdonar de corazón la infidelidad de Marianna.

Al regresar a casa y revelar la fotografía, se había dado cuenta de que había capturado algo muy especial; el retrato había generado tanto interés, que había recibido infinidad de ofertas de compra, pero había preferido dárselo a su amigo Ari Tsoukalas para que lo expusiera en su galería de arte.

–¿Eres un fotógrafo profesional?

–Sí, la fotografía es una de mis ocupaciones.

Lysander no tenía ninguna intención de confesarle a aquella atractiva mujer que la mayor parte de sus ingresos provenían de su trabajo en la empresa familiar que dirigía, y que ascendían a millones de dólares por año. Era mejor que ella pensara que era un simple fotógrafo; así podrían disfrutar libremente de aquel encuentro, sin el lastre que suponía su apellido familiar.

–¿Exhibes tu trabajo en otros sitios? –preguntó ella con interés, mientras tomaba otra aceituna de su ensalada.

Lysander se quedó absorto al verla masticar la jugosa aceituna negra; cuando ella sacó el hueso con el índice y el pulgar, su boca formó una «O» que a él le resultó muy sexy; una acción tan normal no debería resultarle tan seductora, pero la ardiente tensión en su entrepierna era innegable, y la contempló con una creciente fascinación que no podía sofocar.

–Aún no, pero tengo un proyecto para organizar una pequeña exposición en Atenas con un amigo.

Aunque estaba diciendo la verdad, Lysander omitió añadir que la exposición tendría lugar en una de las galerías de arte más importantes de la ciudad, y que el amigo en cuestión era uno de los fotógrafos más prestigiosos del mundo. Sin embargo, no había habido ningún trato de favor por su posición social; algunas de sus obras habían llamado la atención del hombre, cuando las había visto publicadas en una revista de moda.

–Bueno, espero que te vaya bien. Si tus otras fotografías se parecen a la que he visto, estoy segura de que vas a tener un éxito aplastante.

Ianthe sonrió, mostrando unos dientes perfectos, y él no dudó ni por un momento que se los lavaba tres veces al día; se había dado cuenta de que era una persona muy pulcra, que controlaba hasta el más mínimo detalle... y sin embargo, sabía intuitivamente que ella tenía un fuego interior similar al suyo propio. Era imposible que alguien capaz de conmoverse e inspirarse de forma tan espontánea como ella careciera de pasión.

Bajo el tórrido sol, Lysander se sumió en una ensoñación irresistiblemente erótica, mientras imaginaba cómo le gustaría hacer que el deseo que aquella mujer guardaba en su interior estallara en llamas. Al darse cuenta de la dirección de sus pensamientos, no sintió culpabilidad ninguna; después de todo, no estaba buscando una pareja a largo plazo.

Emocionalmente estaba vacío, no le quedaba nada que ofrecer en ese aspecto a ninguna mujer; en esos días, sólo tenía una utilidad para las mujeres atractivas que persistían en intentar captar su atención. Y aunque Ianthe no estaba intentando seducirlo abiertamente como otras hacían, le había dicho que no tenía ningún compromiso; era posible que albergara alguna esperanza secreta de tener una aventura amorosa durante las vacaciones. Él no podía ofrecerle amor, pero la idea de una aventura era más que atrayente.

Decidido a saber algo más de ella, dijo:

–Gracias. Pero he hablado de mí sin parar, y sigo sin saber nada de ti. ¿Qué te trae a nuestra pequeña isla?

Ella no le contestó de inmediato; aunque era una pregunta relativamente simple, parecía resultarle extremadamente difícil encontrar una respuesta.

–He venido porque necesitaba un descanso... cambiar de aires.

–¿Y has venido sola?

–No quise venir con nadie, porque necesitaba estar sola para pensar.

–Eso suena muy serio; supongo que tienes que tomar algunas decisiones importantes, ¿no? ¿O me estoy metiendo en asuntos demasiado personales?

Aunque era así, cuando él se quitó las gafas de sol y la contempló con aquellos penetrantes ojos color añil, Ianthe no tuvo ni el valor ni el deseo de desairarlo; además, aunque fuera algo demasiado «personal», quizás le resultara más fácil desahogarse con un desconocido, alguien a quien no volvería a ver cuando se marchara de la isla.

Finalmente, decidió dar un pequeño paso; le revelaría a aquel hombre parte de lo que sentía, aunque no demasiado.

–Supongo que es cierto que tengo que tomar algunas decisiones importantes; me han pasado algunas cosas... bastante duras, que me han obligado a ello. Pero en cierto modo, parece como si tanto lo sucedido como la forma en que me ha afectado fuera algo predestinado. Hasta hace poco, no había sufrido nunca una tragedia personal, y creo que tenía que aprender una lección, sin importar lo dolorosa que fuera, para cambiar mi forma de vida.

Ianthe calló y no añadió nada durante un largo momento, y al ver la agonía que ella no pudo acabar de ocultar brillando en sus ojos oscuros, Lysander sintió curiosidad por saber lo que le había pasado. Finalmente, ella respiró hondo y sonrió, intentando aligerar el ambiente.

–Aunque es más fácil pensar en cambiar algo que hacerlo en la práctica, ¿verdad?

–Si uno lo desea realmente... –Lysander se encogió de hombros, y añadió–: creo que está claro que lo que te ha pasado ya te ha cambiado, y que eres muy valiente al aceptarlo con tanta filosofía. Hay muchas personas que saben que tienen que realizar cambios, pero que no lo hacen, ni siquiera cuando se los empuja a ello. Es demasiado fácil pretender que no ha pasado nada, mantenernos en nuestra zona de seguridad, ¿no crees?

Era tan fácil hablar con él... su voz profunda parecía arrullarla y darle una extraña sensación de seguridad que no había experimentado con nadie más; además, era la primera vez que alguien le decía que era valiente. Cerró la boca, intensamente consciente de la silenciosa pero poderosa corriente de emoción que inundaba su corazón.

–¿Ianthe? –dijo él, y tomó una de sus manos.

Cuando su firme y cálida piel la tocó, ella sintió como si la hubieran marcado con un hierro al rojo vivo, y por un momento el impactante deseo que la inundó impidió que dijera una sola palabra.

–No soy nada valiente –dijo al fin, mientras se iba tranquilizando al contemplar cómo aquella mano masculina sostenía posesivamente la suya–. Durante toda mi vida he sido todo lo contrario; siempre me he portado con cautela, sin arriesgarme. Mis padres quisieron protegerme de todo, y me temo que yo se lo permití.

–Pero ahora te estás liberando, ¿verdad? Eres como una hermosa mariposa, emergiendo de la crisálida.

Sus palabras la emocionaron tanto, que Ianthe apartó su mano y se la frotó suavemente, mientras se mordía su tembloroso labio inferior para evitar ponerse en evidencia y echarse a llorar. Tenía que cambiar de tema, hablar de algo menos personal.

–Este lugar es muy hermoso, ¿has vivido siempre aquí? –dijo, decidida a desviar la conversación a un cauce más neutral y seguro.

Lysander no respondió de inmediato, sino que se la quedó mirando como si conociera la fuerza de sus emociones, como si entendiera perfectamente lo que sentía y fuera un espíritu afín. Aunque lo intentó con todas sus fuerzas, Ianthe fue incapaz de apartar la mirada de él.

–No vivo aquí, sólo vengo de vez en cuando –dijo él al fin–; tengo una casa en la isla, y cuando necesito escaparme por un tiempo, vengo aquí. Vivo en Atenas. Pero estoy de acuerdo contigo, es un lugar muy hermoso, perfecto para refugiarse en él cuando uno tiene mucho en qué pensar sobre su vida –su tono contenía un leve matiz de humor, pero estaba completamente exento de burla.

–¿Tú también estás aquí para reflexionar? –le preguntó ella, sintiéndose al borde de un precipicio que clamaba para que se lanzara al vacío.

Con dedos temblorosos, tomó un sorbo del vino blanco que Lysander había pedido para acompañar la comida, y se sorprendió al ver que él apretaba ligeramente la mandíbula, como si su pregunta lo hubiera molestado.

–No, estoy aquí en una especie de vacaciones de trabajo.

–¿Haciendo fotografías?

–Ianthe...

–¿Qué?

Ianthe se sobresaltó al oír el repentino tono autoritario en la voz masculina, y levantó la vista de golpe; sus ojos ansiosos se dieron de lleno contra su penetrante mirada azul, como una frágil polilla chocando contra la peligrosa pero atrayente luz de una bombilla.

–Aunque es muy halagador que una mujer quiera que hable de mí mismo, me interesa mucho más saber cosas de ti que contestar tus amables preguntas sobre mi vida.

Lysander estaba hablando completamente en serio, sobre todo después de tomar su mano y sentir que su cuerpo entero ardía de deseo. Poco más de una hora antes se había sentido enfadado y desolado, hastiado de su propia compañía taciturna, pero incapaz de soportar la de nadie más; sin embargo, después de pasar un breve espacio de tiempo en compañía de aquella dulce y sexy mujer, una vitalidad que no había sentido en meses corría por sus venas.

–Si no te importa, no quiero hablar de mí –dijo ella–; sólo quiero estar aquí sentada, disfrutando del sol y de tu compañía, y olvidarme de mis problemas por un rato. ¿Te parece bien?

Lysander no podía pensar en nada que le apeteciera más, aparte de llevársela a la cama y entrelazar sus cuerpos durante el resto de la tarde en su dormitorio.

–No me pides demasiado, me encanta estar aquí,

sentado contigo –él levantó su vaso en un brindis silencioso, y añadió–: he tenido mucha suerte de haberte conocido, Ianthe; pensaba que hoy sería un día como cualquier otro, pero estaba equivocado.

Ianthe sintió que su rostro irradiaba un calor capaz de rivalizar con el sol, y lo miró sintiendo una extraña mezcla burbujeante de placer y alarma; deliberadamente, se volvió para contemplar el magnífico paisaje, mientras pedía en silencio la ayuda divina para evitar sucumbir a las fascinantes cualidades de aquel hombre tan especial y atractivo.

Lysander no pudo resistir la tentación de invitarla a cenar, negándose a plantearse si era prudente por su parte; apenas podía contener su impaciencia por volver a verla mientras la esperaba en el restaurante, sentado en una de las mejores mesas de la terraza, con una vista privilegiada del mar en calma y de la puesta de sol.

Al verla en la entrada hablando con un joven camarero, su corazón dio un extraño vuelco; aunque se interponían entre ellos varias mesas, notó el murmullo de interés y admiración que estaba generando su presencia, y sintió una pequeña pero casi violenta sensación en la parte baja del vientre. Era una mezcla de celos y de orgullo porque ella lo acompañaba aquella noche, y esperó con impaciencia creciente a que ella fuera hacia él.

Ianthe vestía un sencillo vestido rojo y blanco de algodón que enfatizaba deliciosamente sus senos, sus caderas y sus muslos antes de caer con un elegante vuelo justo por debajo de sus rodillas. Estaba increíble con su oscuro cabello cayendo como un río reluciente por su espalda, y al contemplarla y sentir que lo golpeaba una poderosa oleada de deseo, Lysander supo que no olvidaría fácilmente aquella imagen.

Se levantó cuando ella llegó a la mesa, y el camarero retiró cortésmente la silla para que ella se sentara, sonrojándose ligeramente. Lysander supuso que quizás se sentía un poco avergonzado por haber hablado con tanta naturalidad con la acompañante de alguien tan influyente como él. Tras agradecer al joven que hubiera conducido a su invitada a la mesa, Lysander esperó a que ella se sentara antes de hablar.

–Me alegra mucho que hayas podido venir –le dijo, mirándola con expresión posesiva.

–¿Llego tarde? –preguntó ella con ansiedad, mientras comprobaba su reloj de pulsera con consternación–; hacía una tarde tan agradable, que he salido a dar un paseo.

–No, no te preocupes, yo he venido pronto; de hecho, has llegado justo a tiempo de presenciar una espectacular puesta de sol.

Ambos se volvieron para contemplar el resplandeciente astro suspendido sobre la línea del mar, y cómo su intensa luz anaranjada surcaba el agua. Ianthe suspiró, y al oír aquel leve sonido increíblemente sensual, la sonrisa se desvaneció de los labios de Lysander. De pronto, se sintió cautivado al ver su inocente pero apasionada respuesta a uno de los espectáculos más maravillosos de la naturaleza.

–¿No se te conmueve el alma? –preguntó ella con los ojos muy abiertos, al volver brevemente la vista hacia él.

Marianna no había prestado la menor atención a

una puesta de sol en su vida; Lysander dudaba que ella se hubiera llegado a plantear alguna vez si tenía alma, y desde luego, no se había interesado por la de él. Las palabras de Ianthe le impactaron profundamente, y con voz ronca contestó:

–Sí. Sin importar cuántas veces tenga la suerte de poder contemplar una puesta de sol, su belleza siempre me conmueve.

Sintiendo una llamarada de calor en el pecho, Ianthe pensó que él tenía una voz hermosa; oírla era como sumergirse en un aromático baño caliente. De hecho, era una de las experiencias sensoriales más deliciosas que hubiera tenido jamás... perfecta para una seducción.

La tentadora idea escapó a su característico autocontrol, y por unos segundos, Ianthe la saboreó; sin embargo, la fría lógica no tardó en aparecer, y se recordó que no había aceptado cenar con él con la esperanza de que la sedujera. Había oído hablar de lo desastrosos que podían llegar a ser los romances de vacaciones, aunque nunca había tenido uno; sin embargo, un hombre tan carismático y atractivo como él seguramente había tenido bastantes, y debía de considerarlos placeres pasajeros que podía olvidar con facilidad. Ni siquiera sabía si estaba casado.

Aquella idea la horrorizó; aunque él era encantador y casi irresistible, ella nunca podría plantearse siquiera tener una aventura con un hombre casado.

–¿Qué quieres comer? –le preguntó él.

La sensual y provocativa cadencia de su voz la arrancó de sus pensamientos, y tomó el menú que él le ofrecía; sin embargo, tras echar una rápida ojeada, Ianthe volvió la vista hacia él y empezó a decir:

–Por favor, no te ofendas, pero... –se detuvo en seco, sin saber cómo seguir.

¿Cómo podía plantear una cuestión tan poco sutil de forma educada? La expresión relajada de él no se alteró, pero sus ojos parecieron ponerse más alerta; Ianthe sintió que un estremecimiento de aprensión y nerviosismo le recorría la espalda, y tragó con fuerza antes de decir:

–Me preguntaste si estaba casada o tenía novio... bueno, ¿te importaría que te haga la misma pregun...?

–Mi esposa murió.

Su voz era tan sombría y adusta como un pozo profundo y oscuro, un lugar en el que ella no osaría mirar por miedo a encontrar algo amenazador y peligroso al acecho. Lysander no se molestó en ocultar lo poco que le había gustado su pregunta, y la miró con expresión gélida. De repente, pareció como si la persona por la que Ianthe había sentido una atracción tan inmediata se hubiera desvanecido, y su lugar lo hubiera ocupado un desconocido frío e inaccesible.

–Ahora que eso ha quedado claro, y sabes que no estoy intentando involucrarte en una sórdida aventura ilícita, quizás quieras decirme lo que te apetece comer.

Ianthe sintió la garganta tan seca, que lanzó una mirada anhelante a la jarra de agua que había en la mesa entre ellos, como pidiéndole que levitara y acudiera a rescatarla.

–No he querido ofenderte, Lysander.

De repente, Ianthe se sintió completamente desconcertada al ver que él esbozaba una sonrisa; en una de sus bronceadas mejillas apareció un hoyuelo mientras decía:

–Claro que no. El asunto está zanjado, olvídalo; concentrémonos en disfrutar de la velada.

Ianthe deseó saber lo que le había pasado a su esposa, cómo había muerto y cuándo había sido; había vislumbrado una sombra de dolor en los ojos de él, antes de que su expresión se parapetara tras aquella gélida barrera, y era obvio que debía de haberla amado profundamente. Pero estaba igualmente claro que aquel tema era tabú, así que se obligó a mirar el menú; sin embargo, él la sorprendió al decir con suavidad:

–No era mi intención ofenderte.

–No lo has hecho.

Ianthe esbozó una sonrisa forzada, aunque no pudo apartar la mirada con la rapidez que hubiera querido, para ocultar su malestar.

–No me mientas, Ianthe –dijo Lysander de inmediato–. Tus ojos reflejan lo que piensas, y no estoy ciego.

Capítulo 3

A LYSANDER se le cayó el corazón a los pies al ver el yate favorito de su padre, el *Evangeline*, atracado majestuosamente en el pintoresco muelle, entre otras embarcaciones que pertenecían a atenienses adinerados que se movían en los exclusivos círculos de la familia Rosakis.

No podía ser casual que su padre hubiera decidido visitar la isla justo cuando su único hijo varón estaba descansando allí, así que Leonidas Rosakis quería algo de él. El año anterior había estado a punto de fallecer de neumonía, pero había superado la enfermedad, y desde aquel momento parecía decidido a controlar aún más la vida de su hijo. Tras estar al borde de la muerte, su preocupación principal, el futuro del negocio familiar, se había convertido casi en una obsesión para él.

Mientras Lysander subía por los amplios escalones que llevaban a la cubierta principal, no pudo evitar pensar en Ianthe; la noche anterior, tras acompañarla hasta el pequeño hotel donde se hospedaba, se había despedido de ella con un casto beso en la mejilla. Sin embargo, ambos habían sido conscientes de la intensa reacción que había provocado el leve contacto, como si sus cuerpos se hubieran conectado a un generador. Ianthe se había apartado con expresión sobresaltada, y él había tenido que controlar su ardiente deseo durante todo el camino de regreso a casa; el recuerdo de aquella cálida piel bajo sus labios había excitado sus sentidos con un anhelo casi doloroso.

Lysander se preguntó qué era lo que lo atraía de ella con aquel poder extraordinariamente sensual; al conocer a su esposa había pensado que era hermosa, pero no recordaba haber querido arrastrarse casi por la necesidad de poseerla, como le pasaba con Ianthe.

Ella había accedido a encontrarse con él en el puerto, y él lo había preparado todo para que uno de los isleños los llevara a una cala privada, donde podrían nadar y tomar el sol. Nikos era discreto, y no comentaría nada con nadie; no lo habría contratado de no ser así.

Se forzó a pensar en una explicación plausible que explicara la presencia allí del yate de su padre, y se apresuró a cruzar el comedor hacia el salón principal; estaba impaciente por concluir rápidamente aquel encuentro, ya que lo único que deseaba era regresar a la taberna donde había quedado con Ianthe.

Leonidas Rosakis estaba a la altura de su nombre; medía un poco más de metro ochenta y su apariencia era formidable, aunque aún era evidente que había estado enfermo. Estaba orgulloso de su abundante cabellera plateada, y su presencia podía instilar autoridad y respeto en el mismo aire que lo rodeaba; pero con los dos hijos de Evadne, la hermana de Lysander, no era un león, sino un tierno corderito.

Sin embargo, mientras Lysander se acercaba al

gran escritorio de roble que ocupaba casi una pared entera del majestuoso salón, su padre lo miró con una expresión que no tenía nada de tierna. Viejos resentimientos resurgieron, y tuvo que tragar para aliviar la tensión de su garganta.

–¿Qué haces aquí, padre? Nos vimos en Atenas hace sólo un par de días.

–¡Qué saludo más frío recibo de mi único hijo varón! –dijo Leonidas con dramatismo–; ¿qué he hecho para merecer tanto desdén?

Lysander soltó un suspiro de impaciencia y se pasó los dedos por el pelo, consciente de que controlar el genio con su padre era un auténtico desafío.

–No es desdén, sino impaciencia al verte aquí cuando sabes perfectamente bien que quería alejarme de Atenas y estar a solas un tiempo... ¡sin la interferencia de mi familia!

–¿Llamas «interferencia» a la preocupación de un padre? ¡Deberías avergonzarte, Lysander! Tendrías que conocerme un poco mejor.

–Te conozco demasiado bien, padre, por eso no confío en los motivos que te han traído hasta aquí. ¿Qué es lo que quieres?, ¿vuelves a encontrarte mal? ¿Quieres que hable con los médicos?

–¡Primero me rompes el corazón con tu desconfianza, y después preguntas por mi salud!

Leonidas sacudió la cabeza y lanzó un profundo suspiro, como si hubiera recibido una herida de muerte; rodeó su escritorio hasta que estuvo a menos de medio metro de su receloso hijo, y admitió:

–De hecho, tengo muy buenas noticias para ti, que espero que borren ese ceño y pongan una expresión más amigable en tu cara.

Lysander se puso alerta de inmediato, y contempló el rostro sonriente de su padre mientras lo recorría una súbita oleada de resentimiento. El significado de «buenas noticias» era algo subjetivo con la familia Rosakis, y en especial con Leonidas, el patriarca indiscutible. Además, dada su experiencia personal, era normal que sintiera cierta desconfianza.

–¿De qué estás hablando? Cuéntamelo todo rápidamente, para que pueda seguir con mis vacaciones.

La sonrisa de Leonidas se volvió un poco insegura, y pasó unos segundos eligiendo sus palabras cuidadosamente; su hijo y él no siempre estaban de acuerdo, pero en aquel momento rogaba que Lysander reaccionara bien ante lo que iba a decirle.

–Ayer me encontré con un viejo amigo al que no había visto en años... –se detuvo para valorar el impacto de sus palabras, pero se exasperó al ver que su hijo permanecía impasible–; Takis Koumanidis, fuimos juntos a la escuela. Ya te había hablado de él, ¿te acuerdas?

Lysander respondió con un destello de reconocimiento casi imperceptible en sus ojos azules.

–El año pasado se hizo cargo de...

Cuando Leonidas mencionó el nombre de una de las empresas más importantes del sector, con la que Lysander sabía que su padre estaría más que encantado de conseguir por lo menos una fusión, sintió que la espalda y los hombros se le tensaban aún más, como si una barra de hierro lo estuviera doblando en dos. ¿Qué pretendía el viejo tramposo?

–Bueno, ¿recuerdas que tiene una hija? Electra tiene veintidós años, y después de conocerla anoche en la cena con Takis, puedo decirte que es una muchacha con una belleza y un intelecto excepcionales. Ha sido educada en las mejores escuelas de París y de Roma, y tiene un gusto exquisito en casi todo; Takis me comentó que, aunque quiere echar raíces y formar una familia, lamentablemente aún no ha conocido al hombre adecuado. No pude evitar pensar que serías perfecto para ella, Lysander; ya han pasado dos años desde la muerte de tu esposa, tiempo suficiente para que empieces a pensar en volverte a casar. Me gustaría que vinieras el sábado a Atenas para conocerla, cuando le hablé de ti se mostró muy interesada, creo que la palabra que ella usó fue «intrigada...»

Lysander apretó la mandíbula con fuerza, mientras intentaba contener la rabia que se iba acumulando en su interior como una tormenta eléctrica a punto de estallar. Contempló a su padre con amargura, ira y consternación subiéndole como bilis por la garganta; tras soltar un fuerte expletivo, fue de un lado a otro del salón para intentar controlar su genio.

Sus sospechas se habían confirmado, aunque desearía equivocarse con su padre por una vez en la vida; quizás si demostrara la más ligera comprensión por lo que él había pasado, la brecha entre ellos podría empezar a cerrarse. Sin embargo, su padre parecía quitarle importancia a su dolor con una facilidad pasmosa, y ni siquiera había parecido notar la devastación emocional y la angustia que había sufrido.

Lysander se había casado, empujado por su padre, con una mujer que lo había engañado con su belleza y con su falsa actitud cariñosa, que había ocultado su verdadero carácter y que lo había traicionado cruelmente no una, sino dos veces. Y cuando habían intentado rescatar los restos de su destrozado matrimonio y Marianna se había quedado embarazada, tanto ella como el hijo que esperaban habían muerto.

Si su padre le hubiera dado alguna muestra de comprensión y apoyo, si se hubiera disculpado o hubiera aceptado su parte de culpa por aquel matrimonio desastroso, Lysander podría haberlo perdonado; pero su padre se había mostrado sorprendentemente pragmático e insensible ante su dolor, y en ese momento volvía a repetirse todo. Se suponía que él debía olvidarse de lo sucedido y lanzarse de cabeza a otro matrimonio pactado, para poder tener un heredero.

El hecho de que su padre estuviera intentando someterlo a un matrimonio de conveniencia con la hija de otro magnate estuvo a punto de hacer que Lysander perdiera el control, aunque en cierto modo, podía llegar a entender su punto de vista; estaban hablando de una unión que no sólo enlazaría a dos poderosas familias, sino que además los convertiría en una fuerza aún más formidable en el mundo de los negocios.

El coste personal era irrelevante...

–¿Sabes que eres increíble? ¿Cómo te atreves siquiera a mencionar un posible matrimonio? Sabes muy bien que aún lloro la pérdida de mi hijo, y que estoy intentando superar un matrimonio que destruyó mi fe en esa dudosa institución. Voy a dejártelo muy claro de una vez por todas: no estoy ni remotamente interesado en conocer, por ninguna razón, a la hija de tu viejo amigo, y tampoco tengo ninguna intención de volver a casarme. He pasado por un infierno, padre, y no le desearía la experiencia ni a mi peor enemigo, ¡pero tú sólo piensas en los beneficios que puedo aportarte!

–¡Muestra algún respeto, Lysander, y no me hables así! Sólo deseo lo mejor para ti, siempre lo he hecho. ¿Crees que me gusta verte convertido en una sombra del joven dinámico que eras, ver cómo te desentiendes del negocio y de la familia? Acepto que no estés listo para volver a casarte, pero al menos podrías dejar que te presentara a Electra, ¿no? ¿Qué hay de malo en ello? ¡Al menos así tendrías a una mujer atractiva con quien salir a cenar, en vez de pasar todo tu tiempo libre tonteando con ese absurdo pasatiempo tuyo!

Leonidas volvió a la silla de cuero tras su escritorio, pero al sentarse, un espasmo de dolor relampagueó en su rostro. Lysander sintió una profunda preocupación, aunque también estaba furioso tras haberle oído hablar así de su trabajo fotográfico; para Leonidas Rosakis lo más importante era el negocio familiar, y no entendía por qué su hijo no sentía lo mismo.

Cuando volvió a ver aquella expresión de dolor en el rostro de su padre, Lysander se tragó su indignación.

–¿Estás bien?, ¿quieres que llame a alguien? –preguntó reluctantemente.

Leonidas hizo un gesto de impaciencia y contestó:

–Estoy bien, aunque apenado por tu reacción insensible ante mi preocupación por tu futuro bienestar; ¿por qué no vienes a cenar el sábado con tu madre y conmigo en Atenas?

Lysander pensó que sin duda la lista de invitados incluiría también a Takis Koumanidis y a su «hermosa» e «intrigada» hija Electra, y negó con la cabeza.

–Estoy de vacaciones, y no tengo ningún deseo de volver a Atenas hasta que acabe mi período de descanso; tendrás que entretener a tus amigos sin mí.

–De acuerdo, pero al menos llama a tu madre para decirle que estás bien; lo único que hace estos días es preocuparse por ti. Y si te hartas de hacer fotografías, hónranos con tu presencia el sábado. Después puedes volver aquí si quieres, y te prometo que no volveré a interrumpir tus vacaciones.

–Ya te he contestado, y no pienso cambiar de opinión. Hasta la vista, padre; por favor, no hagas esfuerzos innecesarios, y dile a mi madre que la llamaré pronto.

Sin añadir nada más, Lysander se volvió y salió del salón; se apresuró a bajar los escalones del lujoso yate, ansioso por pisar tierra firme y poder volver a respirar con tranquilidad.

Ianthe se había despertado aquella mañana con un montón de mariposas revoloteándole en el estómago; tras unos segundos, había recordado la razón de su nerviosismo: iba a encontrarse con Lysander en el puerto, e irían a una pequeña cala para poder nadar y hablar en privado.

Tumbada en la cama, y cubierta sólo por una fina sábana de algodón, se apartó el pelo de la frente mientras pensaba nerviosa en el día que tenía por delante; deseó recibir alguna señal divina que le indicara que aquella oportunidad no era un error, sino algo que no debía perderse.

Aunque era perfectamente capaz de decidir por sí misma, se había dado cuenta de que a veces, la libertad completa podía hacer aún más difícil una decisión complicada de por sí.

Exhaló suavemente con frustración, se llevó los dedos a la mejilla y tocó el lugar donde los labios de Lysander la habían rozado la noche anterior; cerró los ojos, y al recordar la caricia, una sensación eléctrica la recorrió desde la punta de los pies hasta las raíces del pelo. Ni siquiera sabía su nombre completo... de hecho, no sabía casi nada de él, pero aquel hombre tenía el mismo efecto en ella que el calor del sol en un bloque de hielo.

Una hora después, lo buscaba nerviosamente entre la gente que atestaba las tabernas a lo largo del puerto; el resto del mundo pareció desaparecer cuando vislumbró su alta figura acercándose a ella, y mientras intentaba calmar la agitación que sentía, se detuvo un momento y lo contempló.

Lysander era increíblemente atractivo, una muestra sin igual de fuerte y sensual masculinidad; caminaba de forma autoritaria y decidida, incluso cuando parecía estar relajado, y ella podría encontrarlo entre una multitud de miles de personas con sólo un vistazo. Sin embargo, debajo de la confianza que Lysander exudaba parecía haber una sorprendente vulnerabilidad subyacente, que despertaba su curiosidad y se le clavaba en el corazón; y aunque Ianthe sabía que probablemente estaba equivocada, no podía evitar que la idea la intrigara.

Ella llevaba un vestido veraniego rosa muy escotado y un sombrero de paja color marfil, y se había peinado con dos trenzas. No era el atuendo más sofisticado del mundo, pero en Ianthe era perfecto y muy atractivo, y Lysander sintió que su pecho se encendía con una llamarada de puro placer. En cuanto la había visto, el amargo encuentro con su padre había desaparecido de su cabeza, relegado a un archivo mental donde guardaba otras conversaciones similares.

Su atractivo rostro le recordó la perfección exquisita de una rosa, y despertó muy dentro de él una inesperada nostalgia por su propia inocencia perdida. De pronto, sintió la necesidad de estar a solas con ella, lejos del gentío, y el deseo que sintió fue tan fuerte, que estuvo a punto de perder el control y hacer algo completamente imprudente y espontáneo, como besarla en público.

Estuvo a punto de sucumbir a la tentación, pero la cautela le dictó que se contuviera, ya que era posible que alguien los estuviera observando. Sabía que estaba arriesgándose a que su familia se enterara de su relación con una turista inglesa, y no quería que su padre volviera a interferir en su vida; sin duda, se sentiría consternado al enterarse del nuevo interés «romántico» de su hijo, teniendo en cuenta su empecinamiento en unirlo a la rica y hermosa Electra Koumanidis. Pero Lysander no estaba dispuesto a permitir que nada se interpusiera en su deseo de estar con Ianthe.

–*Ya sas* –la saludó; las gafas de sol ocultaron el deseo que brilló en sus ojos azules al recorrer a placer el contorno de su rostro.

–Hola –contestó ella.

–¿Estás lista?

–Eso creo.

Ella bajó la mirada hacia la bolsa que llevaba colgada del brazo, donde llevaba la toalla, el bañador, la crema de protección solar, una botella de agua y la novela que estaba leyendo; dudaba que tuviera ganas de leer con la distracción de un joven dios griego tomando el sol a su lado, pero había incluido el libro por si él se aburría en algún momento de su conversación o su compañía, y quería que lo dejara en paz. Al fin y al cabo, Lysander seguía siendo un auténtico desconocido en muchos aspectos, y ella no sabía cómo podía reaccionar.

Cuando se dio cuenta del rumbo que tomaban sus pensamientos, Ianthe se sintió frustrada consigo misma; por el amor de Dios, ¡había sido una exitosa mujer de negocios! Sabía hablar con la gente y mantener una conversación interesante, así que, ¿por qué dudaba tanto de sí misma? No podía seguir culpando de aquella actitud negativa a la muerte de Polly y a la actitud excesivamente protectora de sus padres, debía recordar que era responsable de sí misma, que no tenía que dejarse llevar por los condicionamientos del pasado.

–Entonces, pongámonos en marcha –dijo Lysander.

La tomó del codo con una enigmática sonrisa en los labios, y ella permitió que la condujera hacia el otro extremo del puerto, donde supuso que estaría el barco; Ianthe se dio cuenta de que, cuanto más se alejaban de los turistas, más parecía relajarse él. Mientras caminaba a su lado, consciente de la excitación que la había recorrido al sentir su contacto, Ianthe lanzó una mirada hacia los glamurosos yates que se mecían suavemente en el agua, y no envidió lo más mínimo a sus propietarios; quizás eran más ricos de lo que ella pudiera llegar a soñar jamás, pero ella tenía aquel día y a aquel hombre maravilloso a su lado.

Su mejor amiga había muerto, y había descubierto que no era la hija biológica de sus padres, pero en aquel momento Ianthe sentía que no le faltaba nada.

Capítulo 4

NIKOS atracó el pequeño barco en un extremo de la cala, y lo amarró a un poste de madera del embarcadero. Ianthe tuvo la impresión de que pocas personas conocían aquel pequeño paraíso, aunque la existencia del embarcadero dejaba claro que alguien solía ir allí.

Mientras seguía a Lysander hasta la preciosa y resguardada playa, se alegró de que Nikos se quedara con ellos. Se había dado cuenta de repente de que Lysander y ella iban a estar a solas, y el estómago se le había encogido por los nervios. En cierto modo, deseaba que él no la hubiera besado la noche anterior, ya que no podía sacárselo de la cabeza. Podría jurar que sus labios habían dejado una marca mágica en su mejilla al tocarla, y su piel cosquilleó cuando recordó la experiencia. Un roce tan inocuo no debería causar una reacción tan fuerte como la que sentía.

El problema era que hacía demasiado tiempo que no tenía pareja; aquélla era la única explicación posible para que, al estar cerca de un hombre atractivo, sintiera como si estuviera caminando descalza por una carretera de asfalto al rojo vivo.

Tras dejar su toalla doblada en la arena y quitarse la camiseta, Lysander fue hasta unas tumbonas que había preparadas, tomó dos y las colocó debajo de una sombrilla, que estaba fija en un pequeño bloque de hormigón para que no se cayera. Mientras él trabajaba en silencio, Ianthe aprovechó para observar el movimiento de los músculos de su torso desnudo, y su corazón estuvo a punto de detenerse cuando él terminó y la miró con una sonrisa pecaminosamente provocativa.

–¿No te gusta el sitio? –preguntó él, y tras sacudir su toalla, la puso sobre una de las tumbonas.

Ianthe se aclaró la garganta con dificultad, y obligó a sus labios petrificados a esbozar una sonrisa relajada, aunque posiblemente el resultado se pareció más a una expresión de terror.

–Está muy bien, es muy... solitario –comentó, y empujó las gafas de sol sobre su nariz mientras recorría nerviosamente la playa con la mirada.

–Dame tu toalla –dijo él.

Ella la sacó de su bolsa y se la dio, pero cuando Lysander la sacudió para colocarla, el pequeño biquini negro de ella cayó de entre los pliegues, y él sonrió con expresión divertida. Ianthe había tenido la intención de ponérselo en el hotel, debajo del vestido, pero había estado tan nerviosa anticipando la excursión, que lo había enrollado de forma automática en la toalla, como hacía cuando iba a nadar estando en casa. En ese momento, se dio cuenta de que tendría que cambiarse detrás de alguna roca o de un arbusto, y sintió que una gota de sudor le bajaba por entre los omóplatos al pensar en desnudarse cerca de aquel hombre.

–Ten, supongo que querrás cambiarte –le dijo él, alargándole el biquini.

–Tendría que habérmelo puesto en el hotel, pero

supongo que... que me despisté –admitió ella, encogiéndose ligeramente de hombros al tomar la prenda–; por ahora no voy a ponérmelo. Dc hecho, si no te importa, creo que voy a tumbarme a leer un rato.

Tras mirarla con una sonrisa demasiado sagaz, Lysander se quitó los pantalones cortos y se quedó en bañador; Ianthe contempló sobresaltada su firme musculatura y la piel bronceada espolvoreada de vello rubio, y se sintió asfixiada por el calor abrasador que la consumió al ver aquella masculinidad expuesta para su deleite personal.

–Voy a nadar un rato –dijo él, señalando con la cabeza el agua en calma que bañaba la orilla–; disfruta de tu libro, y nos veremos en un rato. Si quieres algo para beber o comer, sólo tienes que pedírselo a Nikos; le he dicho que comeríamos a eso de la una.

Apenas capaz de apartar la mirada de las largas piernas de Ianthe y de su atormentador escote, Lysander supo que tenía que meterse en el agua fría de inmediato para intentar calmar el ardor de su cuerpo; Nikos también había notado su hermosa figura, ¿qué hombre con sangre en las venas no lo haría?, y había hecho un comentario un tanto lascivo que no le había hecho ninguna gracia. Era sorprendente que se sintiera tan celoso al ver a otros hombres admirando a una mujer a la que acababa de conocer, y sobre la que no tenía ningún derecho.

Mientras ella caminaba por la arena, Lysander pensó que debería haberla llevado a una playa más glamurosa, aunque entonces no tendrían la intimidad de la que disfrutaban allí; además, él habría tenido que confesar su estatus social, ya que para acceder a las playas que sus amigos y él frecuentaban, era necesario ser socio del club... el adinerado y elitista círculo de los más poderosos.

Lysander no quería hacerlo, su principal objetivo para aquel día era disfrutar de la compañía de Ianthe... y si aparecía la oportunidad de seducirla, no dudaría en aprovecharla. Pero estaba descubriendo que no le apetecía en absoluto compartir su encantadora compañía con nadie más, y eso incluía a amigos o conocidos de negocios curiosos que querrían saber quién era ella, y que sin duda irían a contarle a su padre que lo habían visto en compañía de una mujer atractiva.

Ianthe se quedó dormida bajo la sombrilla de paja, con el libro abierto en su regazo; sin embargo, el sol le dio de lleno en los pies y las pantorrillas, y sintió que le escocían cuando abrió los ojos y se incorporó desorientada.

Había soñado con su madre; no había podido distinguir sus facciones, pero tenía el pelo oscuro y largo, como el suyo, y le había hablado con ternura, como si fuera una niña. Ianthe experimentó un anhelo tan profundo, que por un momento la tragedia de su pérdida la dejó paralizada, y sintió un agudo dolor en el corazón por el deseo de conocerla.

Temblorosa, respiró hondo mientras intentaba contener las lágrimas que habían inundado sus ojos, y tuvo que dejar paso a las emociones que luchaban por emerger desde su interior. Se preguntó si su madre provenía de un lugar como la isla, si habría reído y jugado con sus amigos en una cala parecida a aquélla, o si su vida habría estado marcada por el trabajo duro; quizás había tenido que ayudar a llegar a fin de mes en una familia como la de Ifigenia, la mujer del retrato de Lysander.

De repente, sintió la garganta dolorosamente seca, y buscó la botella de agua que había llevado en su bolsa mientras intentaba sofocar aquella angustia inesperada; tras beber unos sorbos, contempló el mar sin verlo realmente. No podía imaginarse lo que habría obligado a su pobre y desesperada madre a ir a Londres y a abandonar a su hija en una cesta de la ropa, para que alguien se hiciera cargo de ella; sus padres adoptivos le habían dicho que la policía había buscado a la mujer durante mucho tiempo sin resultado alguno, que parecía haberse desvanecido sin dejar rastro. Pero lo que más la angustiaba era que seguramente su madre había necesitado asistencia médica después de dar a luz; ¿habría habido alguien a su lado para ayudarla? ¿Qué habría sido de su amante, el padre que la había engendrado a ella?

Perdida en sus pensamientos, no se dio cuenta del regreso de Lysander hasta que él llegó junto a ella; si se dio cuenta del dolor que debía de reflejarse claramente en su rostro, no lo demostró, pero frunció el ceño al mirar sus piernas desnudas, como si ella fuera una niña y no hubiera obedecido sus instrucciones.

–Vamos al barco –dijo él con firmeza–; deberías estar un rato a la sombra, y beber algo.

–Te has quemado –dijo Lysander. Tras sacudir la cabeza mojada con un gesto de desaprobación, rozó con los dedos una de las enrojecidas pantorrillas de ella.

Ianthe dio un respingo de dolor ante el inesperado contacto, y admitió:

–Debo de haberme quedado dormida.

–¿Te pusiste crema antes?

–Me puse mucha, y además, tiene un factor de protección muy alto. Puede que el sol sea particularmente fuerte.

Lysander volvió a mirarla como si pensara que tenía el discernimiento de una niña.

–Vas a sufrir, esto te va a doler.

¿Acaso era eso una novedad? Ianthe sentía que últimamente no hacía otra cosa que sufrir. Se avergonzó al sentir que los ojos se le llenaban de lágrimas, pero antes de que pudiera secárselas, Lysander detuvo su mano y la tomó de la barbilla.

–No es tan grave, mi dulce Ianthe. Siéntate, y te pondré algo de crema.

–Tendría... tendría que haber ido a nadar contigo.

–Sí, pero no te preocupes, habrá otras oportunidades –dijo él con una sonrisa.

Lysander se volvió hacia Nikos, que los contemplaba con fascinación, le dio algunas órdenes en griego, y esperó mientras el hombre bajaba de la embarcación.

–¿Adónde va? –preguntó Ianthe, con los hombros tensos.

Él la miró con expresión divertida, y el impacto de aquellos ojos azules la deslumbró.

–Va a dar un paseo; pasa mucho tiempo en el barco, y necesita hacer un poco de ejercicio.

–Te estás riendo de mí.

Ianthe se sentía incómoda y torpe, y era consciente de lo rígida que estaba; ningún hombre la había afectado tanto, y estaba comportándose como una persona completamente diferente a la que solía ser.

–Nunca me reiría de ti, Ianthe. Por favor, créeme.

Lysander tomó la crema para después del sol, se echó una abundante cantidad en la palma de la mano, y arrodillándose frente a ella delante del asiento acolchado, empezó a aplicársela con cuidado en las piernas. Ianthe volvió a sobresaltarse, pero por una razón muy diferente, y deseó que él se hubiera puesto al menos la camiseta; estar cerca de toda aquella piel bronceada y firme ya era difícil, ¡pero que encima él estuviera tocándole la pierna era demasiado!

Tocarla lo estaba acalorando, aunque la razón del contacto no tenía nada de sexual. Mientras nadaba, Lysander sólo había podido pensar en la mujer que había dejado en la playa, que era demasiado tímida hasta para ponerse el biquini. No se había acordado ni por un segundo de la tragedia de su propio pasado, de la tensa relación con su padre, o de la certeza de que estaba planeando empujarlo a otro matrimonio de conveniencia para acrecentar el imperio familiar. Se había quedado atónito al pensar que una mujer pudiera cautivarlo tanto, sin importar que fuera alguien tan maravillosamente diferente a las predatorias y sofisticadas bellezas que intentaban acercarse a él.

Recordó que también se había sentido atraído por Marianna, después de que su propio padre la pusiera deliberadamente en su camino, pero apartó la idea de su mente con impaciencia. Aquella nueva atracción era inesperada y refrescante; era cierto que quería seducir a Ianthe, pero se estaba planteando ir un poco más allá, intentar conocerla mejor. Aquello era algo que contrastaba con su actitud general hacia las mujeres atractivas.

Siguió masajeándole las pantorrillas, aunque ya había acabado de ponerle la crema, y al levantar la mirada se encontró aquellos hipnóticos y serios ojos marrones contemplándolo con una mezcla de desconcierto y anhelo.

Se detuvo en seco, con las manos en la parte posterior de sus piernas y los pulgares ligeramente apoyados en la parte delantera. El murmullo del agua contra la embarcación se convirtió en un mantra, y de forma inconsciente Lysander siguió la cadencia de las olas, mientras en su interior la tensión iba creciendo. Oyó a Ianthe inhalar trémulamente y soltar el aire, y los olores de la crema, la gasolina y el aceite de motor se combinaron para envolverlo en un sopor que pareció agudizar sus sentidos.

El calor que lo inundaba fue ganando intensidad, y tomando las manos de ella, se puso en pie lentamente; con un sonido ronco de deseo desatado, la atrajo con brusquedad contra su pecho, puso una mano en la parte posterior de su cabeza y se apoderó de sus labios por primera vez. Guiado por un instinto y una pasión salvajes, arrastrado por un torbellino de deseo, Lysander introdujo la lengua en el interior de la boca femenina, dejando que su dulzura húmeda lo bañara. Por sus venas corrió una corriente sensual tan arrolladora, que estuvo a punto de rendirse a su poder.

Ianthe mostró la misma avidez, y sus manos se aferraron a la caja torácica de él, como si también necesitara un anclaje; ella se apretó contra su cuerpo, y las curvas de sus senos se aplastaron contra los duros músculos de su pecho.

Si hubieran estado solos, Lysander no habría dudado en seguir hasta el final; y a juzgar por su reacción, Ianthe habría estado de acuerdo. El deseo que sentía por ella era atormentador y voraz, como si estuviera en las garras de un delirio febril. Tenía que poseerla, quizás si pudiera perderse en su seductor y cálido cuerpo, lograría olvidar su pasado trágico y el peso de las responsabilidades familiares, y experimentar algo de luz en medio de la oscuridad, aunque fuera sólo por unos breves pero mágicos momentos.

Pero no estaban solos, y Lysander no estaba dispuesto a que Nikos presenciara una escena que incluso él, a pesar de ser un empleado leal, se vería tentado a contarle a su esposa cuando Ianthe y él se fueran. Habría sido diferente si la hubiera llevado a una de sus embarcaciones, pero aún no estaba listo para revelarle su verdadera identidad, ya que eso alteraría la dinámica de su incipiente relación. Estaba disfrutando del anonimato y de la relativa libertad que sentía al ser para ella un simple fotógrafo.

Ianthe sintió el momento exacto en que Lysander empezó a echarse atrás; dejó de besarla lentamente, y su cálido aliento bañó sus labios casi con pesar. Aunque se dijo que él se estaba portando con sensatez, que era una locura plantearse hacer el amor allí, donde era probable que el hombre que los había llevado los descubriera, no pudo evitar desearlo. La pecaminosa boca de Lysander, sus fuertes manos y su cuerpo poderoso, habían hecho que su cuerpo palpitara y se derritiera, y estuvo casi tentada a suplicarle que acabara lo que habían empezado.

Sintió una enorme frustración, pero sabía que debía seguir el ejemplo de Lysander y portarse con sensatez; había ido a aquella isla en una misión para encontrarse a sí misma, quizás incluso para buscar pistas sobre su madre biológica y sus raíces, no para tener una tórrida pero breve aventura con un desconocido.

Al sentir que las manos masculinas la soltaban, Ianthe se separó un poco de él e intentó arreglarse el pelo; apartó la mirada con timidez, aunque no deseaba otra cosa que contemplar aquellos deslumbrantes ojos azules por toda la eternidad.

–¿Ianthe?

–¿Qué? –sus ojos se encontraron, y mientras esperaba que él continuara, empezó a rogar con vehemencia en su mente: «no me digas que lamentas lo que ha pasado, no me digas que ha sido un error...»

–Deseo muchísimo hacer el amor contigo, pero la embarcación de Nikos no es el sitio adecuado. ¿Lo entiendes?

Ianthe dejó escapar lentamente el aire de los pulmones, y sintió que flotaba en un cálido océano de placer que la bañaba de alivio. Con una trémula sonrisa, dijo:

–Por supuesto que sí. Vaya, hace mucho calor, ¿verdad? –se pasó una mano por la nuca, y añadió–: me pregunto qué temperatura hará fuera.

Lysander no tenía ni idea, pero allí dentro la temperatura había superado el punto de ebullición. Incapaz de resistir la tentación, recorrió con ojos voraces el tentador escote del vestido de ella; la prenda dejaba entrever provocativamente un sujetador de encaje blanco y las suaves curvas de sus senos, y la imagen le resultó tan tentadora e inalcanzable, que volvió a recorrerlo una ardiente oleada de deseo.

Se le secó la boca, y se tensó de forma casi insoportable al pensar en quitarle aquel virginal sujetador y devorar sus pezones excitados. Al probar el sabor de su hermosa piel, sólo había conseguido encender en su interior una necesidad casi obsesiva de seguir saboreándola. Decidió que, al acabar el día, no se despediría de Ianthe con un casto beso de buenas noches, sino que le propondría claramente que lo acompañara a su casa para acostarse juntos. Y si alguien se lo decía a su familia, que así fuera; a su padre no le incumbía con quién se acostaba, y no iba a ceder ante su presión para que cortejara a mujeres como Electra Koumanidis, con el fin de expandir el imperio ya multimillonario de la familia Rosakis. Se negaba a perder la oportunidad de hacer el amor con Ianthe.

–Voy a buscar a Nikos –le dijo a ella con una sonrisa–; creo que es hora de comer, ¿verdad?

Capítulo 5

HABÍAN quedado para cenar en una de las tabernas más tranquilas, lejos del bullicio del puerto; estaba en una pintoresca calle con buganvillas de vibrantes tonos rosados y rojos trepando por las paredes, y bastante cerca del hotel de Ianthe. Sentada en una mesa al aire libre, esperando a que llegara Lysander mientras el fragante aire mediterráneo acariciaba su piel dorada por el sol, no pudo evitar preguntarse si era sensato haber accedido a volver a verlo.

Aquel día, en la embarcación, había experimentado uno de los encuentros más poderosamente eróticos de su vida. Había estado dispuesta a entregarse completamente a él, y el recuerdo hizo que se sonrojara. Consumida por un deseo ardiente, había estado a punto de olvidar su nombre, el día de la semana, dónde estaba, e incluso la razón de su viaje a Grecia.

Sabía que se exponía a que le rompieran el corazón si continuaba viéndolo, que el momento de romper su relación con él no sería fácil... y que era indudable que aquel momento llegaría tarde o temprano. Era consciente de que no era la clase de mujer que pudiera considerar aquello una experiencia más y seguir adelante, sobre todo en ese momento, cuando aún se sentía tan dolorida y sensible por la muerte de Polly. Era muy vulnerable emocionalmente, y aquélla era otra buena razón para evitar involucrarse con Lysander. La destrozaba darse cuenta de que no podía escribir o llamar a su mejor amiga, para compartir sus dudas y sus miedos.

Por si aquello fuera poco, estaba buscando alguna conexión, cualquier pista sobre la identidad de su madre biológica. Realmente, también se estaba buscando a sí misma; la verdadera Ianthe Dane no existía de verdad, porque su vida entera se había basado en mentiras y engaños. Podía comprender que sus padres hubieran tenido la honesta intención inicial de protegerla de la verdad, ya que para una niña sería difícil aceptar que la habían abandonado al nacer, pero hacía años que era una mujer adulta. No sabía en qué iba a ayudarla que le mintieran y le ocultaran la verdad, y apenas podía entender cómo las dos personas a las que amaba más en el mundo habían podido hacer algo así.

Ianthe sintió el peso del dolor en su pecho, y bebió un poco de agua; el camarero, un joven muy atractivo que estaba de pie en la puerta de la taberna, con los brazos en jarras, la miró y la saludó con una inclinación de cabeza. Tenía unos ojos expresivos y vibrantes, y la tensión de su cuerpo delgado revelaba que esperaba su oportunidad para escapar de los limitados confines de su familia y su hogar.

Ianthe se dio cuenta de que la agitación del joven se debía a que estaba descontento, y deseó poder decirle lo afortunado que era, que no tuviera tanta prisa por escapar de algo que quizás anhelara en el futuro.

Tenía suerte de tener unas raíces tan firmes, una ascendencia que probablemente era más que centenaria, mientras que ella...

No podía seguir con aquello. Se sentía angustiada, descentrada, en carne viva; para descubrir lo que deseaba saber sobre la tierra donde había nacido su madre tenía que estar sola, sin ninguna distracción... como una inesperada aventura amorosa.

Intentó consolarse diciéndose que a un hombre tan dinámico y sofisticado como Lysander no le afectaría demasiado que ella pusiera fin a su corta asociación; el atractivo fotógrafo no tardaría en encontrar a otra turista dispuesta a disfrutar de unos cuantos cálidos días mediterráneos con él, si eso era lo que buscaba... y estaba claro que era así.

Sintió una oleada de celos y pesar al imaginárselo con otra persona, al pensar en aquellas hábiles manos tocando el cuerpo de otra mujer. Tras apartar aquellos pensamientos turbadores, se levantó, se puso la chaqueta sobre el brazo, tomó su bolso y se dispuso a salir de allí; el joven camarero se acercó de inmediato a ella, y sin ocultar su desconcierto, le preguntó:

–¿Se va sin cenar?

–Me duele la cabeza. Por favor, si mi... amigo viene y pregunta por mí, ¿podrías decirle que me he ido a descansar al hotel? Se llama Lysander.

–Sí, se lo diré. ¿Volverá mañana?

–Quizás.

–*Andeeo*... adiós.

–Adiós.

Ansiosa por irse antes de que Lysander llegara,

para no tener que darle explicaciones en público, Ianthe salió de la taberna y se apresuró a ir al hotel.

La sobresaltaron unos fuertes golpes en la puerta; se había tumbado en la pequeña cama doble sin desvestirse, y debía de haberse quedado adormilada. Hacía un calor casi sofocante, y estaba tan cansada que había decidido recostarse un rato. Se quedó mirando la puerta cerrada durante al menos medio minuto antes de responder.

–¿Quién es? –aún no estaba despejada del todo, y su voz sonó un poco vacilante y ronca.

Antes de que su visitante contestara, supo que era Lysander. Debería haber esperado para hablar con él cara a cara, en vez de huir de aquella manera, pero había dejado que sus miedos volvieran a controlarla y a abrumarla. No había pensado en lo que hacía, y se arrepintió de haber actuado tan impulsivamente.

–Soy Lysander. Abre la puerta, Ianthe. Quiero hablar contigo.

Se planteó aducir que le dolía mucho la cabeza, pero no era una cobarde; hablaría con él directamente, como debería haberlo hecho antes. Él se merecía una explicación, sobre todo teniendo en cuenta que había tenido la gentileza de invitarla a cenar y de alquilar un barco para pasar el día.

–Espera un momento.

Se levantó de la cama, y la recorrió un ligero estremecimiento de placer al sentir el frescor del mármol bajo sus pies. La temperatura de la habitación era casi opresiva. No era algo sorprendente, ya que el anticuado aparato de aire acondicionado parecía a punto de caerse a pedazos.

–¿Por qué no me esperaste en la taberna?, ¿es verdad que te dolía la cabeza?

Antes de que se diera cuenta, Lysander había pasado junto a ella con paso airado, y estaba dentro de la habitación; mordiéndose el labio inferior en un gesto nervioso, Ianthe cerró lentamente la puerta mientras intentaba fortalecer su resolución a pesar de la atracción casi irresistible que sentía hacia él.

Lysander no quería volver a experimentar en su vida la aplastante desilusión que había sentido cuando, al llegar a la taberna, le habían dicho que su «amiga» había vuelto a su hotel porque le «dolía la cabeza». Además, el camarero lo había mirado con una expresión recelosa que parecía preguntarle qué le había hecho para que se fuera.

Él había sospechado de inmediato que a Ianthe no le dolía la cabeza, había sabido instintivamente que ella había cambiado de opinión y que había decidido no encontrarse con él. La idea lo había enfurecido, había herido su magullado ego. Aunque no quería tener una relación, ninguna mujer lo había rechazado jamás, y no pudo evitar ofenderse un poco. Desde joven, había podido elegir entre auténticas bellezas, y no se merecía que lo rechazara la primera mujer por la que se sentía fascinado en dos años.

–Siento que haga tanto calor, pero me parece que el aire acondicionado no funciona bien –dijo ella.

Ianthe se pasó la mano por la frente con una sonrisa un poco nerviosa, y al ver aquel movimiento tan inconscientemente sexy, Lysander sintió una explosión de calor casi dolorosa en su interior. El simple gesto atrajo su mirada hacia la curva de sus firmes senos bajo el sencillo vestido color melocotón, y experimentó una excitación salvaje e inmediata que no se parecía a nada que hubiera sentido en toda su vida.

–Siento no haberte esperado en el restaurante, ha sido una descortesía por mi parte. No suelo comportarme así, pero siento que me estoy metiendo en algo que no me conviene, y no he sabido reaccionar –frunció el ceño, y continuó diciendo–: vine aquí a intentar ordenar mi vida, no a complicarla aún más; hay otras... razones, aparte de tomarme unas vacaciones, por las que he venido. Si sigo viéndote, no prestaré la atención necesaria a esas razones, y es algo que necesito hacer. Para serte sincera, creo que debería estar sola un tiempo; me ha encantado conocerte, pero creo que...

Ianthe se detuvo a media frase al ver la mirada aguda y directa en los ojos de él, y respiró hondo mientras intentaba desesperadamente sofocar el torrente ardiente que saturó sus sentidos y fluyó por sus venas como una decadente corriente de cálida miel. La elegante camisa blanca y los pantalones oscuros que él llevaba enfatizaban su fantástico cuerpo, sus facciones eran fuertes y cinceladas, y su cabello rubio estaba desafiantemente alborotado; aquella noche, Lysander exudaba una imagen de elegancia y respetabilidad, que contrastaba con la informalidad que había aparentado cuando se conocieron.

En aquella ocasión, vestido con vaqueros y camiseta, ya había tenido un gran impacto en su aletargada libido, y ella se había sentido más consciente que nunca de sus largamente olvidadas necesidades;

sin embargo, al verlo con aquella ropa tan distinta, Ianthe supo que estaba perdida.

Preguntándose si realmente sabía lo que estaba rechazando, encogió los músculos del estómago hasta que le resultó casi doloroso; lo vio asentir para sí mismo, como si estuviera pensando en lo que ella le había dicho, y de pronto la miró con una sonrisa. Dios, aquel hombre no estaba jugando limpio...

–En primer lugar, creo que tienes razón en lo del aire acondicionado –dijo él arrastrando las palabras, en un tono de voz desconcertantemente bajo–; hablaré con el gerente cuando bajemos, y haré que lo arreglen. En segundo lugar, a veces no es buena idea estar solos cuando algo nos preocupa, y ayuda poder hablar con alguien; creo que esta noche deberías venir a mi casa, estarás mucho más cómoda que en esta habitación asfixiante, y podremos hablar mejor allí que aquí. ¿Qué me dices?

Ianthe tuvo la sensación de que la pregunta final era una coletilla sin significado que no requería respuesta, porque sus palabras dejaban implícito que no había duda de que ella iría a su casa. Aquella arrogancia no le gustó nada, ya que le recordó a la actitud dictatorial de su padre; él había creído que era el único que sabía lo que era mejor para ella, y por eso había mantenido en secreto lo de la adopción. Pero ella había decidido que en adelante tomaría sus propias decisiones, sin la interferencia de nadie; no iba a permitir que Lysander la controlara, sin importar lo atraída que se sintiera por él.

–No creo que sea una buena idea, Lysander. Creo que yo soy quien sabe lo que me conviene en mis circunstancias, así que lo siento si mi decisión no te gusta. Y no te preocupes por lo del aire acondicionado, soy perfectamente capaz de hablar con el gerente para que lo arreglen.

Lysander deseó que ella le confiara sus preocupaciones; aunque él no pudiera solucionar sus problemas, se preocupaba por ella. Sin embargo, en aquel momento lo más importante para él era el hecho de que lo estaba rechazando. No había esperado que lo hiciera por segunda vez, pero cuando la miró directamente a los ojos, vio que estaba completamente decidida. Su firme negativa a ir a su casa para acabar lo que habían empezado en el barco de Nikos lo había tomado por sorpresa, y lo enfurecía a la vez que inflamaba su creciente deseo.

Ella había estado dispuesta a entregarle su cuerpo en el barco, estaba seguro de ello. En ese momento, no pudo evitar preguntarse si lo estaría rechazando con tanta firmeza si supiera quién era él, o si conociera la importancia que el apellido de su familia tenía en las islas.

En un instante, Lysander pasó de querer permanecer en el anonimato y seguir fingiendo que era un simple fotógrafo, a desear desplegar todo el impresionante poder y la autoridad que tenía en sus manos por ser quien era, si eso le permitía poder acostarse con Ianthe. Sus propios pensamientos alocados lo dejaron atónito, pero aquella mujer, aquella reservada muchacha inglesa, había avivado su deseo hasta unos extremos insoportables, y no podía soportar la idea de que ella no sintiera lo mismo.

Pero no pensaba ceder a sus instintos más bajos; quería gustarle a Ianthe por sí mismo, no por su fortuna. Además, no quería descubrir si ella se sentiría tentada por el dinero, ya que sabía que, de ser así, su decepción sería devastadora. De modo que se encogió de hombros y dijo:

–Veo que te cuesta aceptar la ayuda de los demás. Crees que salir conmigo te complicará la vida, pero yo pienso que hará que te sientas mejor, aunque sea por un tiempo. Quizás mañana, cuando hayas dormido un poco, cambies de opinión; al menos, eso es lo que espero. Te dejo la dirección de la casa que tengo en la isla, por si necesitas ponerte en contacto conmigo.

Lysander se sacó una caja de cerillas del bolsillo, y escribió algo en ella antes de dársela a Ianthe.

–Si lo que sientes es dolor, quiero que sepas que yo estoy muy familiarizado con él, Ianthe –dijo, frunciendo ligeramente el ceño–; sean cuales sean tus secretos, te prometo que puedes confiármelos. No hace falta que me acompañes a la puerta, hasta la vista.

Sorprendida y emocionada por sus palabras, Ianthe fue incapaz de moverse mientras él se marchaba.

Una anciana pasó junto a la cafetería donde Ianthe estaba desayunando; llevaba un vestido rosa descolorido y un pañuelo negro en el pelo, y su piel curtida parecía tan brillante y tostada como una avellana. Llevaba una cesta colgada del brazo, y al pasar junto al puesto de fruta y verdura que había enfrente de la cafetería, pasó los dedos por un manojo de perejil y después se los pasó por debajo de la nariz para inhalar el penetrante aroma. Aquella acción simple y casi sensualmente elegante fue como una danza perfectamente coreografiada; la mujer no se detuvo en ningún momento, y con una sonrisa de *Mona Lisa*, avanzó por la calle empedrada con sus zapatos desgastados.

Mirándola cautivada, Ianthe sintió una oleada de nostalgia tan fuerte, que casi deseó haber podido hablar con la mujer; se preguntó si se habría parecido su abuela a ella, si habría caminado así por la calle, tranquilamente y con una sonrisa en el rostro, contenta con su vida y sin pedir otra cosa más que sus hijos estuvieran sanos y que hubiera dinero suficiente para llenar la despensa. Instintivamente, la lógica le decía que su madre habría pertenecido a una familia humilde; de no ser así, ¿por qué se habría ido a Londres para trabajar de camarera o algo similar, como había supuesto la policía?, ¿por qué habría abandonado a su propia hija?

«Si lo que sientes es dolor, quiero que sepas que yo estoy muy familiarizado con él».

Las palabras de Lysander resonaron en su mente, y de repente el deseo de saber más sobre su madre y sus orígenes se convirtió en algo completamente diferente; aquel profundo dolor procedía del fondo de su alma, y se debía a un hombre con los ojos azules más hermosos que jamás hubiera visto... un hombre capaz de tomar fotografías tan impactantes, que podían conmover hasta las lágrimas a quien las viera.

En el puerto, Lysander dejó la cámara sobre una roca a su lado y contempló a una joven pareja que, riendo, se zambulló en el agua para nadar. Normalmente, siempre podía encontrar consuelo en la fotografía y disfrutar de ella, pero ese día ni siquiera su gran pasión podía ayudarlo. No había podido quitarse a Ianthe de la cabeza. Además de desearla hasta la locura y de echar de menos su compañía, no acababa de asimilar que ella lo hubiera rechazado. Sólo podía pensar en cómo reconquistarla... ¿por qué los seres humanos siempre querían lo que no podían tener?

Exasperado como nunca, se pasó los dedos por su pelo revuelto; cualquiera que observara su privilegiada vida desde fuera, pensaría que tenía todo lo que un hombre podría desear, pero nadie podía saber que sufría por el anhelo de dormir abrazado a alguien, de tener a alguien que se preocupara por él. Odiaba dormir solo, y echaba de menos tener una amante; no una simple aventura de una noche, sino alguien que pudiera mantener su interés... alguien como Ianthe. A pesar de su fortuna y de su influencia, el dinero no podía comprarle lo que más deseaba.

En un despreciable momento de debilidad, al hablar con su madre aquella mañana, había accedido a volver a Atenas la noche del sábado y complacer a su padre asistiendo a la cena que había organizado, en la que también estarían Takis Koumanidis y su hija Electra. Su madre le había confesado que su padre se había quedado bastante abatido tras su conversación con él, y que temía que estuviera enfermando.

Lysander lo dudaba, y sabía que el viejo tramposo sólo estaba enrabietado como un niño por no haber podido salirse con la suya; sin embargo, había capitulado ante la insistencia de su madre. Adoraba a Galatea, y no era culpa suya que a su marido le gustara manipular a su familia como si fueran peones en un tablero de ajedrez. Se sintió aún más irritable por tener que ir a una cena de la que no quería saber nada, y por tener que hablar educadamente con el «viejo amigo» de su padre y su hija; era consciente de que todos estarían observándolo con Electra, y lanzándole sonrisas de ánimo cada vez que se viera obligado a hablar con ella por cortesía. De pésimo humor, tomó su cámara y bajó por la colina.

Capítulo 6

IANTHE querría poder haber dicho que había dudado si ir a casa de Lysander, pero no habría sido cierto. Estaba descubriendo rápidamente que había ciertas cosas en la vida contra las que no se podía luchar; una era la necesidad de crecer como persona, de ir más allá de las propias limitaciones, por muy difícil que fuera. Y otra era el dictado del corazón, que tenía una capacidad sorprendente para vencer a la fría lógica de la cabeza.

La necesidad de ver a Lysander la había consumido hasta enloquecerla, y le había impedido dormir; no había podido dejar de pensar en él, como si fuera lo único que existía en el mundo entero. Al fin, había tenido que admitir que no podía mantenerse alejada de él como había planeado; sus frías, lógicas y sensatas intenciones no servían de nada cuando su cuerpo palpitaba de deseo y de necesidad cada vez que pensaba en él. Su fascinación por aquel hombre seguía empujándola hacia él, y le impedía mantenerse a distancia.

En aquel momento, mientras miraba la simple entrada de madera de la casa blanca de aspecto sereno situada cerca del puerto, Ianthe abrió y cerró las manos húmedas mientras el miedo y los nervios la empapaban como una violenta tormenta de verano. Se limpió las palmas en el vestido verde de lino que llevaba puesto, y casi rezó por que él no estuviera allí, para tener tiempo de convencerse de que verlo era una mala idea.

Sin embargo, Lysander abrió la puerta de inmediato. No llevaba camiseta, y sus ojos azules la traspasaron con una mirada que revelaba el mismo ardiente deseo que pulsaba como un río de lava por sus venas.

–*Kalimera*, Ianthe. ¿Has desayunado? –preguntó él con tono despreocupado, como si hubiera sabido que ella iría.

Con la boca completamente seca, Ianthe consiguió contestar con labios trémulos:

–No.

La tomó de la mano posesivamente, y su mirada, irresistible e intensa, la hechizó; cuando él la hizo entrar con una ternura sorprendente, la envolvió de inmediato el sensual frescor de la casa.

–Así que ninguno de los dos hemos desayunado. ¿Qué crees que podemos hacer para saciar nuestro apetito?

–Lysander... –empezó ella, rogándole con sus ojos oscuros que la entendiera–; no debería haber venido, pero...

–Anoche deseé que estuvieras junto a mí en la cama, Ianthe. Mi mente imaginó tales imágenes, que me sentí enfebrecido de deseo; ahora que estás ante mí, esa fiebre ha empeorado. ¿Lo ves?

Ianthe se alarmó cuando Lysander guió su mano hasta su frente, y la mantuvo allí por unos largos segundos. Entonces él sonrió con indolencia, sin duda plenamente consciente de que la tenía atrapada en sus redes, y volvió a bajar sus manos.

–Ardo por ti, y creo que sólo hay un remedio para mi enfermedad.

Cuando los dedos de él rozaron la piel de detrás de su oreja, Ianthe estuvo a punto de salir despedida por el tejado. Hasta aquel momento, no había sabido que aquélla era una zona tan erógena, o que podía generar tal explosión de deseo con el mero contacto de los dedos de aquel hombre. Estaba temblando literalmente de pasión.

–Lysander, he... he pensado en lo que dijiste, y...

–Tu presencia aquí me dice todo lo que quiero saber. Rogué para que cambiaras de opinión, y al parecer mis súplicas han sido escuchadas.

–Pero no podcmos ir sin más a... ¿no crees que deberíamos hablar antes?

Las palabras temblaron en sus labios, pero sabía que eran un débil e inútil intento de retrasar lo inevitable. Seguramente, la antigua Ianthe ni siquiera habría ido a verlo, pero de repente se sintió como una hermosa mariposa emergiendo de la crisálida, como Lysander había sugerido al conocerse. Necesitaba con todas sus fuerzas ser diferente, más valiente, más fuerte... menos temerosa de que la hirieran.

En aquel momento, no quería pensar en las consecuencias de estar con aquel hombre increíble; no quería torturarse con las repercusiones, ni atrincherar su corazón por miedo a sufrir más. Sólo quería dejarse llevar y confiar por primera vez en su vida...

Inmerso en una necesidad primaria tan desbordante y en unos sentimientos tan sorprendentes que apenas sabía por dónde empezar a tocarla, Lysander no quería hablar de nada. Se sentía como si estuviera intentando tranquilizar a un corderito, y aquel extraordinario deseo de ser tierno con una mujer, unido a la necesidad de saciar una pasión que parecía crecer por momentos, era algo completamente nuevo para él. Ianthe era increíblemente atractiva y seductora, con aquellos confiados ojos marrones y aquella carnosa y temblorosa boca; su mirada destilaba inocencia, curiosidad y deseo, y la mezcla era como una perfecta tela de araña engalanada con el rocío de la mañana, tan delicada y encantadora, que hacía que se preguntara cómo podía existir algo tan hermoso en un mundo tan despiadado.

Decidió responder a la cuestión que ella le había planteado con sus acciones, y la condujo a su habitación, dejando que el silencio y la quietud los envolvieran. Sus músculos temblaron por el esfuerzo titánico de contenerse mientras la ayudaba a desnudarse antes de hacer lo propio. Se tumbó junto a ella en la cama, y el calor creciente del sol tras las persianas entrecerradas de la ventana pareció reflejar el incremento de su propio ardor. Sin un segundo de duda, envolvió a Ianthe en sus brazos y la besó.

Lysander saboreó su deliciosa boca, y se perdió en la ardiente y dulce calidez de la caricia; la abrazó posesivamente, no sólo para satisfacer un deseo físico, sino por algo más que lo arrastraba, algo que se mantenía al borde de su consciencia, y que hacía que sintiera una conexión increíblemente pura, casi espiritual, con ella.

Se apartó un poco, sobresaltado; ¿en qué estaba pensando? La única conexión que tenía con la cálida y receptiva mujer en sus brazos era física; no necesitaba revestirla de algo más complicado, y no debería engañarse a sí mismo imaginándose cosas. Para su desgracia, había descubierto que las mujeres no siempre jugaban limpio; podían ser inconstantes y taimadas, y no confiaba en ellas.

Marianna había fingido estar enamorada de él de forma tan convincente al principio de su relación, que él se había convencido a sí mismo de que también la amaba, y había descartado sus sospechas de que su padre y ella se habían aliado para atraparlo en un matrimonio que ayudaría a las ambiciones de ambos. Por desgracia, sus sospechas se habían confirmado.

Su padre había estado convencido de que lo estaba ayudando al poner a Marianna en su camino, ya que era hermosa y capaz, y estaba relacionada con la aristocracia. No le había importado que la familia de ella no tuviera dinero, porque creía que la conexión real de ella aportaría aún más categoría al apellido Rosakis. Y Marianna había considerado el matrimonio con él como una fuente de dinero y de respetabilidad, ya que su unión oficial había sido una conveniente pantalla de humo para ocultar su libidinoso comportamiento con otros hombres.

Lysander no estaba dispuesto a volver a vivir otra pesadilla similar, sin importar lo mucho que echara de menos tener a una mujer junto a él por la noche, o lo cansado que se sintiera de estar solo.

Él olía maravillosamente bien. Aquel aroma puramente masculino, y la sensación de sus fuertes brazos abrazándola posesivamente, la estaban enloqueciendo de pasión. Lysander la miró con ojos llenos de deseo, y la manifestación física de su ardor se apretó contra su vientre; Ianthe cerró los ojos mientras sus muslos y sus caderas temblaban al acomodarlo.

Arqueó la espalda cuando Lysander se movió sobre su cuerpo y reclamó con voracidad un pezón con su cálida boca, incapaz de creer que un cuerpo pudiera experimentar tanto placer y seguir viviendo. Soltó un suave gemido cuando su boca hambrienta cubrió el otro pezón; sus dientes juguetearon con el sensible montículo, y cuando sus labios lo cubrieron completamente y empezaron a succionar, Ianthe sintió que su feminidad estallaba en llamas.

Sus manos recorrieron los anchos hombros de él y bajaron por su espalda hasta su cintura, y al abrir los ojos, lo vio ponerse la protección de látex; volvió a bajar los párpados, y separó los muslos para recibirlo en su interior.

Por un segundo, temió ser demasiado estrecha para aceptar su poderoso miembro en su cuerpo, ya que había pasado bastante tiempo desde la última vez que había estado con un hombre. Sin embargo, en cuanto Lysander empezó a penetrarla, su cuerpo se adaptó a él, y lanzó un grito de sorpresa y placer cuando él la poseyó profundamente. Enredó los dedos en su pelo, y él se apoderó de su boca con un beso apasionado que despertó todos los deseos latentes en su interior.

Lysander era un hombre excepcional. Individualmente, estaban en polos opuestos del espectro emocional: él era seguro de sí mismo y enérgico, y era obvio que estaba acostumbrado a tomar el mando de las situaciones sin dudar, mientras que ella era completamente diferente, al menos hasta hacía poco. Pero cuando estaban juntos, parecían complementarse el uno al otro... parecían encajar.

Ianthe intentó que la idea no la abrumara; se preguntó si aquello era lo que se había estado perdiendo todos aquellos años, mientras se esforzaba por conseguir el éxito profesional y financiero que sus padres habían querido para ella. ¿Había sacrificado la posibilidad de encontrar el amor, en favor de las ganancias materiales y la seguridad?

Pensó en su madre biológica, que había amado a un hombre con el que había creado un bebé que no podría criar, y en la felicidad y el dolor que aquella relación debía de haberle causado. Seguramente, tener que renunciar a su hija le había dolido de forma inimaginable... el corazón de Ianthe estuvo a punto de romperse al pensar en ello.

Encima de ella, Lysander la miró con preocupación, y suavizó la voraz posesión de su cuerpo antes de decir con voz ronca:

–Pareces afligida... ¿por qué?

–Por nada, no te preocupes.

Ianthe le tocó el rostro con los dedos, cautivada por su fascinante estructura ósea, por su fuerte y firme mandíbula y por la maravillosa boca que podía darle tanto placer. El dolor que había oprimido su pecho se fue desvaneciendo.

–Estoy disfrutando con lo que estás haciendo –dijo, y esbozando una tímida sonrisa, añadió–: no quiero hablar más, sólo quiero que sigas haciéndome el amor.

Lysander sintió un gran alivio al oír aquellas palabras; Ianthe era todo lo que un hombre podría desear en una mujer... era hermosa, inteligente, y con una sensibilidad que le llegaba al alma. Quería que aquella experiencia se alargara indefinidamente, y se estremeció al pensar en lo mucho que deseaba perderse con ella en una marea de placer capaz de apartarlos del mundo real por un tiempo.

–Voy a hacer que todos los fantasmas que te atormentan desaparezcan, Ianthe –le prometió con fervor–; y para cuando acabe de hacerte el amor, al final del día, sólo habrá un rostro en tu mente... el mío.

Ianthe se puso el batín de felpa de Lysander, y fue a preparar café a la silenciosa cocina de paredes blancas; estaba segura de que él casi nunca utilizaba aquella habitación, y que comía casi siempre fuera... al fin y al cabo, era dudoso que un sofisticado soltero como él quisiera ponerse a cocinar.

En aquel momento, se preguntó sobre las influencias femeninas que Lysander habría tenido en su vida; ¿habría cocinado su esposa para él?, ¿cómo habría sido aquella mujer? Se preguntó si él echaba de menos abrazarla como la había abrazado a ella durante el día y la noche anteriores; en aquel tiempo, sus cuerpos apenas se habían separado.

Estaba desnuda debajo del batín, y cuando inhaló el provocativo aroma de él, recordó la forma apasionada, casi feroz, en que le había hecho el amor; su cuerpo palpitó con el deseo de volver a sentir su posesión, y se llevó las palmas de las manos a sus mejillas ardientes.

Si la hubiera visto en ese momento, Polly apenas habría reconocido a la desaliñada y ruborizada mujer que estaba de pie en aquella pequeña cocina griega. Aquella mañana, Ianthe no tenía nada de controlada, reservada o cauta; se sentía tan libre como cualquier mujer que hubiera pasado la noche explorando las múltiples y variadas posibilidades de su sexualidad con un hombre capaz de elevarla a desconocidas cumbres de placer. Y, por si fuera poco, Ianthe se había dado cuenta de que se había enamorado de él.

No había otra forma de explicar aquella creciente mezcla de felicidad y temor en su corazón; quería bailar de felicidad hasta que le salieran ampollas en los pies, pero al mismo tiempo temía tener que alejarse de Lysander sin poder explorar sus sentimientos.

En aquel momento, él entró en la cocina cubierto sólo por unos pantalones cortos, y mientras sentía que sus muslos se tensaban al verlo, Ianthe no pudo evitar ruborizarse como una adolescente.

–Siento estar tardando tanto en preparar el café –se disculpó, aunque añadió para sus adentros: «estaba acordándome de todas las cosas maravillosas y atrevidas que hicimos anoche».

–¿Por qué no nos olvidamos del café? –dijo él.

Ianthe se quedó atónita cuando él se acercó a ella y la rodeó con los brazos. Todos sus sentidos parecieron cobrar vida cuando Lysander abrió el batín y deslizó una mano entre sus piernas, y lo miró a los ojos con el corazón martilleándole con sorpresa y deseo.

–¡Lysander! No puedes... yo no... ¡tenemos que comer! No hemos desayunado, y estoy hambrienta.

–*Se thelo*, Ianthe –murmuró él.

–¿Qué signifi...?

–Que te deseo. *Se latrevo*. Te adoro.

–¡No juegas limpio!

–Volvamos a la cama –la incitó, impenitente, mientras la atormentaba con su sonrisa y las caricias expertas de sus manos–; allí decidiremos adónde iremos a desayunar, conozco algunos sitios fantásticos en la isla a los que aún no hemos ido.

La provocó aún más con unos suaves y ardientes besos cortos, y ella suspiró enfebrecida contra su boca cuando él acarició sus pezones con las palmas de las manos.

–Eres un desvergonzado, y estoy segura de que lo sabes –murmuró cuando él la levantó sin esfuerzo en sus brazos y se dirigió con paso firme hacia el dormitorio.

–¿Es eso un cumplido? –dijo él con una sonrisa pícara–; porque voy a demostrarte con gusto lo desvergonzado que puedo llegar a ser.

Con una risa ronca, la depositó sobre la cama y se tumbó a su lado...

Lysander tenía claro lo que iba a hacer respecto a la cena en Atenas; aún tenía intención de ir, ya que no quería decepcionar a su madre por nada en el mundo, pero iba a llevar a una invitada: Ianthe. Así, no sólo satisfaría su necesidad insaciable de estar junto a ella, sino que además le demostraría a su padre de una vez por todas que no iba a dejarse manipular otra vez. Y si su padre se enfadaba o se avergonzaba por el hecho de que llevara a una mujer a la pequeña velada que había organizado con su amigo y su hija, la culpa habría sido suya por ser tan arrogante. ¿Cómo se atrevía a creer que podía seguir dirigiendo su vida, después de su desastroso matrimonio con Marianna?

Cuando llegaron a la entrada del pequeño hotel donde Ianthe se hospedaba, con el aroma a madreselva y magnolia envolviéndolos sensualmente, Lysander volvió a abrazarla; ella tenía los ojos brillantes y oscurecidos de deseo, y era la viva imagen de una mujer que hubiera pasado un día, una noche y la mitad de la mañana siguiente en los brazos de su devoto amante. Sintió una oleada de calor cuando los recuerdos lo asaltaron sin piedad; las imágenes lo atormentaron con su claridad diáfana, como si no quisieran que olvidara ni por un segundo que Ianthe le había hecho vislumbrar un paraíso increíble y desconocido. Se dio cuenta de que no quería separarse de aquella mujer, ni siquiera durante el breve espacio de tiempo que ella tardaría en escribir unas postales, lavarse el pelo y prepararse para su cita de aquella noche.

–No te he dicho adónde vamos esta noche, ¿verdad? –dijo con una sonrisa, quitándole una pequeña pluma blanca que debía de haber salido de su almohada.

Ianthe miró la pluma con expresión maravillada y sacudió ligeramente la cabeza, como si ella también acabara de tener un explícito recuerdo de sus apasionadas horas juntos.

–No, ¿adónde vamos? –preguntó con voz suave, y sus labios se curvaron en una dulce sonrisa mientras posaba las manos en la base de la espalda de él.

–A casa de mis padres, en Atenas; han organizado una cena a la que prometí que iría, y he pensado que sería agradable que vinieras conmigo.

Al oír la palabra «padres», Ianthe sintió una punzada de inquietud que la desequilibró por un segundo; estaba en terreno desconocido, sin saber cómo reaccionar. No quería leer demasiado en la inesperada invitación, pero no podía negar que la inquietaba.

–¿Quieres que hoy vayamos a Atenas? –preguntó, moviendo las manos hasta las caderas de él.

–Mi padre va a enviar una barca.

–¿Una barca?

–Bueno, un yate –Lysander se encogió de hombros, como si la cuestión no tuviera ninguna importancia y no mereciera la pena mencionarlo.

Ianthe frunció el ceño y apartó las manos.

–No lo entiendo... ¿tu padre tiene un yate?

–Muchos griegos adinerados tienen yates, Ianthe; has visto algunos en el puerto, no es algo tan sorprendente.

La invitación de ir a cenar con sus padres se volvió aún más preocupante. No había imaginado que su familia pudiera tener tanto dinero como para tener un yate y enviárselo sólo para que fuera a cenar. ¿Cómo se sentirían al ver que su atractivo y sin duda codiciado hijo llevaba a una modesta turista inglesa, a una forastera?

–No... no sabía que tu familia fuera adinerada, Lysander.

–¿Cómo ibas a saberlo? –él la miró con cierta inquietud, y añadió–: no te lo había dicho. ¿Es algo que te preocupa?

–No es que me preocupe, pero la verdad es que hace que me sienta un poco incómoda. Y no entiendo por qué quieres que vaya contigo, no hace mucho que nos conocemos, y parece un poco... inapropiado.

Lysander la miró pensativamente; admiraba su reserva, era una reacción muy diferente de la que habrían tenido muchas mujeres, y reafirmaba que estaba interesada en él, no en el hecho de que tuviera dinero. Sin embargo, se sintió perversamente irritado por su reluctancia. La había invitado a cenar con su familia, y aquello debería bastar para que aceptara.

–No voy a llevarte a casa como mi futura esposa, Ianthe; simplemente, me han invitado a cenar y te he pedido que me acompañes. Nada más. No hace falta complicar las cosas.

De repente, la invitación le pareció aún menos atrayente. Ianthe tuvo la impresión de que Lysander se sentía un poco avergonzado y enfadado por sus dudas, como si pensara que ella había creído que la invitación significaba algo mucho más serio de lo que él había pretendido.

«No voy a llevarte a casa como mi futura esposa». Ianthe sintió que aquellas mordaces palabras la herían de un modo casi físico; ni siquiera se le había pasado por la cabeza la posibilidad de casarse con él... ¿verdad? Que se sintiera llena de amor hacia él no significaba que estuviera pensando en el matrimonio. ¿Cómo se atrevía a suponer con tanta arrogancia que ella se plantearía siquiera algo así?

–No estoy intentando complicar nada, te lo aseguro. Y espero que no te ofendas, pero voy a tener que rechazar tu invitación. Hemos pasado muchas horas juntos, y me iría bien estar un tiempo a solas.

Ve y disfruta de tu cena, quizás nos veamos en un par de días.

Lysander no podía creer que ella se mostrara tan fría con él, tan cortante, y sintió que un músculo de la mejilla se le contraía espasmódicamente.

–¡Quiero que vengas a Atenas conmigo! Si hubiera planeado llevarte a un restaurante de la isla habrías venido, ¿verdad?

–Sí, pero...

–No hay razón para no cenar juntos por un simple cambio de planes. Me gustaría muchísimo que me acompañaras, Ianthe; me disculpo si te he ofendido en algo, y te prometo que te resarciré por ello.

Aunque su disculpa sonó más irritada que conciliadora, Ianthe sintió que le daba un vuelco el corazón cuando él esbozó una sonrisa. Quería estar con él, sin importar dónde. La cena podría ir bien o ser un desastre, pero la única opinión que le importaba era la de Lysander, no la de sus padres, y en aquel momento él estaba devorándola con la mirada, enloqueciéndola con el deseo que brillaba en sus ojos azules.

Capítulo 7

IANTHE apenas había podido recuperarse de la sorpresa al ver lo enorme y hermoso que era el yate del padre de Lysander, que los había estado esperando y los condujo hasta el puerto de destino, cuando volvió a quedarse atónita al ver la magnífica limusina que los llevó a la casa situada en un lujoso barrio residencial.

Mientras un solícito empleado los conducía al imponente salón formal, intentó sofocar el nerviosismo creciente que sentía; las paredes estaban cubiertas de obras de arte originales, y la opulencia del mobiliario y la decoración revelaba su calidad y su exclusividad. Ianthe se sentía tan nerviosa e intimidada, que era incapaz de mirar a Lysander.

Pensó que su pobre madre debía de haber crecido en un escenario completamente diferente, y que Lysander no habría tenido ningún problema para desarrollar su carrera de fotógrafo, ya que no tenía que preocuparse por llegar a fin de mes. Sin embargo, se arrepintió de inmediato de aquel pensamiento tan poco caritativo, y recordó con cierta culpabilidad que sus padres la habían ayudado a establecer su negocio.

Aunque sabía que no había nada de malo en recibir ayuda de la propia familia, no podía evitar que el hecho de que Lysander tuviera dinero la incomodara.

No era la clase de dinero capaz de comprar una casita con jardín, sino una fortuna con la que la gente normal sólo podía soñar, y no sabía cómo reaccionar. Una cosa era disfrutar de la libertad de estar juntos en la isla, donde no había nadie más involucrado, pero al darse cuenta del entorno del que él provenía, su relación estaba tomando un nuevo cariz.

Lysander no pudo evitar sentirse orgulloso y posesivo al contemplar a la hermosa belleza morena que lo acompañaba; Ianthe llevaba un vestido negro de satén sin mangas, y sus hombros estaban cubiertos con un ligero chal azul marino con flecos. Sabía que si su madre llegaba a conocerla bien llegaría a apreciarla, y estaba saboreando la idea cuando su padre entró en la habitación y destrozó el pequeño oasis de calma con la fuerza de un tanque. Sus ojos oscuros se clavaron en ellos, y Lysander supo que lo que ocurriera en los próximos minutos determinaría el tono de toda la velada.

Deliberadamente, cuadró los hombros en un gesto desafiante. ¡Que el viejo tramposo hiciera lo que quisiera! No iba a permitir que Ianthe pasara un mal rato, ni iba a dejarse arrastrar a una confrontación en aquella ocasión. Si su padre iba demasiado lejos, simplemente tomaría a Ianthe de la mano y se irían de allí; pasarían la noche en un hotel, y por la mañana volverían a la isla. Inclinó la cabeza ligeramente en un gesto de saludo y dijo:

–*Kalispera*, padre.

–Veo que has traído una invitada, Lysander. ¿Por qué no se lo dijiste a tu madre?

Ianthe se dio cuenta enseguida de que algo andaba mal, aunque el hombre hablaba en griego. No era bienvenida allí, así que ¿por qué había insistido Lysander en que lo acompañara? Él se encogió de hombros a su lado, pero ella se dio cuenta de que aquel gesto encubría una furia sorprendente. Tragó con dificultad, deseando haberse mantenido firme en su negativa a asistir a aquella cena.

–Por favor, padre, no hables en griego, mi invitada no domina nuestra lengua. ¿Estás insinuando que no hay sitio para los dos en tu casa? Si es así nos iremos, por supuesto.

Cuando Lysander tomó su mano y la apretó con fuerza, Ianthe levantó la mirada hacia él con alarma y preocupación; a juzgar por aquella breve escena, estaba claro que padre e hijo no tenían una relación demasiado fluida, y se preguntó cuál sería la causa de tanta animosidad.

–Lysander, ¡querido hijo mío!

Inmediatamente contrito, Leonidas atravesó la habitación y posó las manos en los hombros de Lysander tranquilizadoramente, mientras dirigía una sonrisa radiante a Ianthe.

–¿Qué tonterías estás diciendo? ¡Por supuesto que hay sitio para una hermosa invitada de mi hijo! Sólo he querido decir que tu madre no sabía que había que poner otro cubierto en la mesa, pero eso se soluciona en un momento, así que no os preocupéis. Lysander, ¿me harás el honor de presentarme a tu encantadora acompañante?

Lysander se apartó un paso de su padre, soltó la mano de Ianthe y, con expresión muy seria, miró primero al uno y después a la otra antes de decir:

–Te presento a Ianthe, nos hemos conocido en la isla. Ianthe, éste es mi padre... Leonidas Rosakis.

–¿Ianthe? –Leonidas frunció el ceño, y comentó–: es un nombre muy griego, pero eres extranjera, ¿verdad?

–Sí, soy inglesa, vivo en Londres.

Ianthe volvió a sentir una punzada de culpa y vergüenza al evitar mencionar sus verdaderos orígenes; cada vez que negaba su ascendencia, o hablaba como si la ignorara, sentía que estaba traicionando de algún modo a su verdadera madre, al miedo y al dolor que debía de haber soportado al abandonar a su hija. Sonrió nerviosamente cuando Leonidas estrechó firmemente su mano, mientras la observaba con atención.

–Bienvenida a mi casa, Ianthe. Venid, vamos con el resto de invitados.

Entraron en el impresionante comedor, donde había ya tres personas: una atractiva mujer de mediana edad, con un ajustado vestido color marfil que resaltaba una figura aún envidiable, un hombre corpulento de edad similar, que tenía un vaso de licor en la mano, y una joven rubia muy hermosa con un ceñido vestido verde esmeralda sin espalda, y escote atrevidamente bajo. El trío estaba contemplando un enorme óleo de un barco navegando.

Al oír la voz de Leonidas, se volvieron sonrientes... hasta que la vieron a ella. Ianthe volvió a preguntarse por qué la habría llevado Lysander a la casa de sus padres, cuando estaba claro que era tan bien recibida allí como la viruela.

La mujer de mediana edad, que Ianthe supuso que sería la madre de Lysander, fue la primera en recuperarse, y se apresuró a ir a abrazar a su hijo. Él no se tensó, como había hecho con su padre, y posando las manos en la cintura de su madre, la besó con calidez en ambas mejillas.

–Estás tan hermosa como siempre, madre –le dijo afectuosamente, y dio un paso atrás para admirarla.

–Galatea, querida, Lysander ha traído a una amiga. Se llama Ianthe... ¡aunque no es griega! –Leonidas dijo aquello con voz estruendosa, y se echó a reír como si hubiera dicho algo tremendamente gracioso.

Ianthe notó la corriente de irritación y decepción que subyacía en aquella risa supuestamente relajada. Si su presencia iba a causar problemas entre Lysander y su familia, hubiera preferido irse en aquel mismo instante, y no tener que soportar una agonía.

Apretó con fuerza su bolso negro de satén al mirar brevemente a los otros dos invitados. La hermosa joven con el vestido verde esmeralda le devolvió la mirada con una expresión claramente exasperada, y después centró todo su interés en Lysander. Al ver el claro interés de la mujer, Ianthe sintió una punzada de celos que le revolvió el estómago; ¿por eso les había molestado tanto su presencia allí?, se preguntó de repente. ¿Porque aquella belleza estaba esperando para conocer a Lysander?

–*Kalosorisate*, Ianthe. Bienvenida.

La madre de Lysander tocó la mano en la que Ianthe tenía aferrado su bolso y sonrió; era un gesto sincero, completamente carente de hostilidad o decepción, y sintió que se relajaba un poco.

–Perdona que tu presencia nos haya tomado por sorpresa, pero no sabíamos que Lysander iba a traer a una amiga. Sin embargo, quiero que sepas que eres *muy bienvenida* en mi casa. Por favor, ven a conocer al resto de invitados, Takis Koumanidis y su encantadora hija, Electra. Ambos estaban deseando conocer a Lysander.

Tras acercarse y estrechar calurosamente la mano de Lysander, Takis dio un paso atrás para que su hija hiciera lo propio. La joven, que no podía apartar los ojos de él, puso de forma deliberada la mano en la manga de su inmaculado esmoquin, y dejó que descansara allí posesivamente.

Ianthe se tensó al ver la actitud predatoria de la mujer, aunque Lysander no pareció particularmente impresionado o atraído por Electra, y en cuanto acabaron las presentaciones, se volvió hacia Ianthe y le puso una mano en la espalda. Al recordar la pasión que habían compartido tan sólo unas horas antes, ella sintió que el cuerpo entero le cosquilleaba, y deseó poder estar en la cama de él, cobijada en aquella sencilla casita blanca junto al mar, en vez de en aquel palacio abrumador.

Mientras se dirigían hacia la larga mesa impecablemente preparada, Lysander decidió que no alargarían la velada; un empleado había preparado con celeridad y discreción un servicio a su lado para Ianthe, y Electra se había tenido que conformar con reluctancia a ocupar el asiento frente a ellos.

Deslizó la mano por el muslo de Ianthe, y el calor que generaban juntos pareció quemarle a través de la tela del vestido. Sus ojos azules se oscurecieron con un deseo voraz cuando se volvió hacia ella y vio el rubor que había teñido sus hermosas mejillas.

Quería susurrarle al oído que no podía esperar a

volver a llevarla a la isla, a su cama, y que iba a enloquecer si no lo hacía cuanto antes, pero tenía que servir el vino, así que tuvo que contener la tormenta de deseo que arrasaba su cuerpo.

–Bueno, Ianthe, ¿qué te ha traído a Grecia?, ¿de dónde eres? –preguntó Takis Koumanidis, mirándola con atención.

Sorprendida por aquellas preguntas tan directas, Ianthe se humedeció los labios nerviosamente antes de responder.

–Estoy de vacaciones, y vengo de Londres, donde resido. Es la primera vez que visito este país, aunque siempre quise venir... y ahora, aquí estoy –acabó de decir, insegura.

–¿A qué te dedicas en Londres? –le preguntó Takis mientras tomaba un trozo de pan, aunque no se lo comió.

–¿Que a qué me dedico? Bueno, tenía... –Ianthe miró de reojo a Lysander, que no ocultó su interés por la respuesta–; tenía un negocio, pero lo puse en venta hace poco.

–¿No iba bien? –insistió su interlocutor con curiosidad.

Ianthe suspiró, se colocó meticulosamente su servilleta blanca en el regazo, y contestó:

–De hecho, iba muy bien, pero dejó de interesarme lo que hacía, y decidí tomar un nuevo rumbo.

Ianthe esperaba que aquella explicación fuera suficiente; la muerte de Polly y los secretos familiares que había descubierto eran temas muy difíciles para ella. No quería hablar de ellos con nadie, y mucho menos con desconocidos.

Sintiéndose incómoda con la pregunta y con la

atención que parecía estar atrayendo, tomó su vaso de vino y tomó un sorbo; el alcohol la ayudó a serenarse un poco, y después de otra breve mirada hacia Lysander, se obligó a continuar hablando.

–Pensé que me iría bien viajar un poco; es algo que no había podido hacer todo lo que hubiera deseado hasta el momento, y quería ver algo de mundo.

Notó que los demás perdían de inmediato el interés en ella tras oírla dejar patente su falta de ambición; estaba claro que era algo que no entendían. Seguramente, la consideraban una perdedora por haber vendido su negocio y darse por vencida, y se preguntó lo que estaría pensando Lysander. ¿La consideraría una irresponsable por no haber buscado otra ocupación lucrativa?

Ianthe no sabía por qué se juzgaba a la gente por su trabajo, en vez de por su carácter. ¿Acaso no bastaba con conseguir ser una persona decente? En su opinión, quien lo lograba había tenido éxito en la vida, pero era obvio por el lujo que la rodeaba que la familia de Lysander no pensaba lo mismo.

–Y tú, Lysander... –Takis centró su mirada en él, y dio la impresión de que por fin estaba hablando con la persona a la que había ido a ver–; ¿cuánto tiempo vas a estar de vacaciones? Leonidas me ha dicho que has estado ocupado con tus fotografías, pero el negocio también es importante, ¿verdad? ¿Cuándo vas a volver al trabajo? Tengo una proposición muy interesante que hacerte en cuanto regreses.

Electra pareció erguirse aún más cuando su padre dijo aquello, y miró a Lysander con expresión sugerente, como desafiándolo a que no admirara su hermosura y la deseara. Ianthe se dio cuenta de que probablemente ella no le interesaba a ninguno de los presentes, exceptuando a Lysander, y jugueteó con su servilleta mientras deseaba fervientemente estar en cualquier otro sitio. Se sentía completamente fuera de lugar en aquel comedor opulento, en compañía de unas personas con las que no tenía nada en común.

Sin embargo, en aquel momento se dio cuenta de lo que había dicho Takis, y empezó a entender las implicaciones. ¿Qué había querido decir con «el negocio también es importante»?, ¿por qué le había preguntado cuándo iba a volver al trabajo? Al conocerse, Lysander le había dicho que era fotógrafo, ¿no?

Perpleja, se volvió hacia él, pero su cautivador perfil era una máscara impenetrable que ocultaba lo que estaba pensando, y ella empezó a sentir una gran inquietud.

–Volveré al trabajo cuando esté listo, ni un momento antes, así que lamento que tu proposición tenga que esperar. En este momento, mis vacaciones tienen prioridad sobre todo lo demás. Creo que me lo he ganado.

–¡Por supuesto que se lo ha ganado! –dijo Galatea en defensa de su hijo–; ¿de qué sirve dirigir un negocio, si no se pueden delegar responsabilidades cuando uno necesita un descanso? Aunque la vida de mi marido se ha centrado en Embarcaciones Rosakis, Lysander es joven aún; es normal que le interesen otras cosas. ¿Cuándo va a organizar Christophe tu exposición, querido? Quiero llevar a todas mis amigas.

Así que Lysander dirigía la empresa familiar... y el negocio en cuestión era uno de los más importantes en el sector marítimo. No le extrañaba que su padre tuviera un yate del tamaño de una pequeña mansión, probablemente tenía varios más. Y, si dirigía un negocio de aquella categoría, Lysander debía de tener mucho dinero por derecho propio, quizás incluso era millonario.

Ianthe se lo quedó mirando, atónita; desde que había entrado en aquel grandioso comedor y se había sentado a aquella mesa impecable con aquellas personas adineradas, se había sentido incapaz de probar bocado. Y después de oír aquella última revelación sobre Lysander, el hombre del que se había enamorado, estaba segura de que si intentaba llevarse algo de comida a la boca, se atragantaría con ella.

¿Por qué no le había dicho quién era?, ¿acaso ella no merecía saber la verdad? ¿Pensaba que ella era una especie de cazafortunas?

–Vamos a disfrutar de un buen vino antes de comer –dijo Leonidas desde la cabecera de la mesa, y levantó su vaso–; tendremos tiempo de sobra después para hablar de negocios si así lo deseamos. Además, hay unas hermosas damas presentes... somos muy afortunados de poder disfrutar de su compañía, ¿verdad?

Cuando bajaron del yate de su padre y salieron a la cálida noche griega de la isla, Lysander miró a la mujer que lo acompañaba en silencio y se tensó con preocupación. Ianthe apenas le había dirigido la palabra en el viaje de vuelta, y quería saber la razón de su frialdad hacia él.

No había sido una de las veladas más agradables de su vida, y en ocasiones la atmósfera había resultado opresiva. De no ser por Galatea, que prácticamente le había rogado que fuera, no habría dudado en rechazar la invitación de su padre, y en ese momento, al ver el rostro preocupado de Ianthe, deseó haberlo hecho.

Leonidas se había esforzado en poner a la descarada Electra Koumanidis en su camino durante toda la velada, e incluso había llegado a llevarse a Ianthe de su lado varias veces, para que hablara con Takis en vez de con él.

Lysander había sentido unos celos salvajes al ver el obvio interés del amigo de su padre, ya que el viejo pervertido la había monopolizado como si no deseara otra cosa que estar junto a ella. ¿A qué estaba jugando su padre?

Salió de su abstracción al ver que Ianthe temblaba visiblemente bajo su fino chal azul.

–Tienes frío. Ten, ponte mi chaqueta –le dijo, y empezó a quitarse la prenda.

Ianthe sacudió la cabeza, y contestó:

–No, no hace falta. Estoy bien, de veras.

Mientras se alejaban del puerto, Lysander se sentía consumido por la necesidad de saber por qué había empezado a distanciarse de él tan súbita y deliberadamente. Cuando ella giró en dirección a su hotel, la tomó del brazo posesivamente y dijo:

–No, no vayas por ahí –no quería que ella volviera al hotel esa noche; la quería en su cama, ya que su sitio estaba allí, junto a él.

El tono autoritario de su voz y su actitud dominante desataron la furia que Ianthe había estado conteniendo durante toda la noche.

–¿Por qué no? ¡Por ahí está mi hotel!

Tras zafarse de su mano con brusquedad se apartó de él, con la respiración agitada, y Lysander la miró estupefacto.

–¿Se puede saber por qué te has enfadado tanto conmigo? Soy yo quien tiene derecho a indignarse, ¡te has pasado la mayor parte de la velada coqueteando con ese insufrible Takis Koumanidis!

Ianthe estuvo a punto de desplomarse por la sorpresa, y contestó:

–¡No he coqueteado lo más mínimo con él!, ¿te has vuelto loco? ¡Eres tú el que se ha pasado toda la noche mirando el escote indecente de Electra! ¡Si alguien tiene derecho a indignarse, ésa soy yo! Pero no se trata de eso, Lysander –Ianthe tragó con fuerza, y las lágrimas brillaron en sus ojos–. Es algo peor: me mentiste.

Capítulo 8

¿QUÉ quieres decir?

Ianthe se dio cuenta de que no la entendía, y aquello la enfadó aún más. Al parecer, ella le importaba tan poco, que ni siquiera recordaba que le había dicho que era fotógrafo y que no había mencionado en ningún momento que dirigía una empresa multimillonaria.

Quizás aquélla era la señal que necesitaba para recuperar la cordura y darse cuenta de que Lysander estaba jugando con ella, utilizándola para pasar el tiempo durante las vacaciones; era una ingenuidad creer que ella era algo más que una aventura pasajera.

Cuando una lágrima resbaló por su mejilla, Ianthe se la secó con impaciencia, y se sintió furiosa consigo misma por dejarse arrastrar por las emociones delante de un hombre que claramente no merecía que sufriera por él.

–Me dijiste que eras fotógrafo; hiciste que creyera que te ganabas así la vida, y en ningún momento intentaste corregir esa suposición. ¡Me mentiste, Lysander! ¿Esperas que crea que olvidaste decirme a qué te dedicas realmente? Eres el director de una empresa millonaria, tus padres son tan ricos, que pueden enviarte un yate enorme para que vayas a Atenas a cenar... ¡y ni siquiera lo mencionaste!

Él la miró con expresión pensativa, pero no pareció demasiado preocupado por su arrebato.

–A lo mejor no te conté toda la verdad sobre mi trabajo, Ianthe, pero no tenías por qué saberla. ¿Qué importancia tiene? Al fin y al cabo, jamás me pediste que te diera más detalles. Además, ¿a qué viene tanto enfado?, ¿quieres que crea que te supone un problema que yo sea millonario? De ser así, serías un caso único entre las integrantes de tu género; por regla general, la reacción de las mujeres es la contraria.

Cuando Lysander se encogió de hombros y sonrió, Ianthe deseó poder borrar de su rostro aquella soberana arrogancia.

–¡Algunas tenemos principios!

Mirándolo con expresión angustiada, apretó el fino chal contra su pecho, y deseó que aquella aplastante sensación de desengaño y traición se desvaneciera. Deseó haber podido seguir engañándose a sí misma un poco más, seguir creyendo que había encontrado algo especial con aquel hombre. Estaba claro que él tenía un punto de vista muy diferente sobre su relación.

–No todas las mujeres nos sentimos impresionadas por la riqueza de una persona –dijo con amargura–; me sentí atraída por ti, Lysander, no por tu cuenta bancaria, así que no era necesario que me ocultaras la verdad. Algunas personas creemos que ser sincero es mucho más importante que tener o no tener dinero, y me estás insultando si estás sugiriendo que quiero estar contigo por tu fortuna.

Sus palabras penetraron en él como ácido. Le recordaron su terrible matrimonio con Marianna, y la soledad que había soportado hasta la muerte de ella.

Su esposa lo había utilizado, lo había engañado como a un tonto; él había creído estúpidamente en sus ávidas declaraciones de amor, y había permitido que le impidieran darse cuenta de la verdad. Había aprendido que era mejor estar solo que en una relación que iba partiendo el alma día a día, y sólo había intentado que aquel matrimonio falso y sin amor funcionara por la perspectiva de tener un hijo; sin embargo, incluso aquello le había sido arrebatado al final.

–Es cierto que soy fotógrafo, Ianthe, eso no fue ninguna mentira. Tú misma viste mis obras en la galería. Que dirija el negocio familiar no implica que no pueda dedicarme a otras cosas que me apasionen... y la fotografía es mi pasión. No hemos hablado demasiado de nosotros mismos, ¿verdad? Quizás ambos nos hemos estado ocultando algunos secretos.

–Yo no te he ocultado ningún secreto, al menos ninguno tan grande como mi propia identidad –protestó ella.

Sin embargo, mientras articulaba las palabras, Ianthe sabía que no eran exactamente ciertas. Recordó la razón real de su viaje a la isla, la búsqueda que no le había contado a nadie, y se sobresaltó al darse cuenta de que lo que había dicho Lysander era cierto. Pero el secreto de su nacimiento no era relevante, y no era nada comparado con sus mentiras. Le resultaba insoportable que otra persona, alguien a quien había llegado a querer, la hubiera engañado deliberadamente. Empezaba a creer que tenía tatuado en la frente algo así como «no le digan la verdad a esta mujer, no es lo suficientemente fuerte para soportarla».

Lanzó un suspiro en aquella noche exótica cargada de calidez y del aroma del mar, que le resultaba tan diferente del entorno al que estaba acostumbrada, y de pronto sintió que se le desgarraba el alma. Quería volver a Londres, estar entre la gente que realmente la quería.

Recordó la amargura y la tristeza con que había dejado su hogar, su furia por la mentira de sus padres sobre sus orígenes, el dolor de su madre. «Siempre te querremos, Ianthe, sin importar dónde estés...» aquello era lo último que había escuchado antes de irse con un portazo, y de repente sintió una terrible angustia.

–Quiero volver al hotel –dijo con voz queda, evitando mirar a Lysander–. Ha sido una velada muy larga, y estoy muy cansada.

–Te acompañaré hasta allí, si eso es lo que quieres. Podemos vernos mañana, y...

–No, Lysander, necesito algo de tiempo. Creo que no es buena idea que nos veamos de momento. Por favor, entiéndelo.

Al ver lo afectada que estaba, Lysander contuvo una contestación airada. Pero no podía entender su necesidad de mantenerse alejada durante un tiempo, porque ni siquiera acababa de comprender por qué estaba tan enfadada con él. Ella estaba poniendo a prueba su paciencia. Aceptaba que tuviera principios, y después de sufrir los engaños de Marianna, saber que no estaba con él por su dinero y darse cuenta de su integridad lo había afectado profundamente; sin embargo, Ianthe estaba levantando barreras innecesarias entre ellos, al considerar que su trabajo y su fortuna eran algo malo.

¿Se estaba planteando ella realmente terminar su

relación porque era rico? Lysander tuvo ganas de ponerse a gritar hasta quedarse ronco. Al hacer el amor con ella, había empezado a experimentar ciertos... sentimientos por aquella mujer; se sentía casi temeroso de analizarlos en profundidad, pero eran increíblemente poderosos, y se negaban a ser ignorados. No quería que su relación acabara aún.

Reluctantemente, la acompañó de vuelta al hotel, deseando que la velada se hubiera desarrollado de forma muy distinta, y cuando ella volvió la cabeza para impedir que le diera un beso de buenas noches, intentó tragarse su orgullo herido.

Ianthe sacó dos pastillas para el dolor de cabeza de una cajita en su bolso, se las tragó con un poco de agua, e hizo una mueca al ver su imagen reflejada en el espejo del cuarto de baño. Desde luego, no tenía el mejor aspecto de su vida. La mañana estaba ya bastante avanzada, pero se había levantado tarde porque había tardado mucho en quedarse dormida; no había podido dejar de pensar en la cena, y la cabeza le dolía tanto, que estuvo a punto de echarse a llorar.

¿Por qué no había confiado Lysander en ella?, ¿por qué no le había contado la verdad? Si lo hubiera hecho, ella se habría sentido igual de atraída por él... ¿verdad?

Sin embargo, no tuvo más remedio que admitir que se había sentido cautivada por la romántica idea de que él fuera un sencillo fotógrafo, con una vida libre y sin complicaciones que le permitiera viajar por todo el mundo... un espíritu libre. Había fantaseado con que procedía de una familia griega normal, que lo adoraba y estaba orgullosa de sus logros... una familia que a lo mejor él le habría presentado con el tiempo, y que quizás la habría ayudado a llenar el vacío que sentía por no conocer sus verdaderos orígenes.

Pero Lysander le había presentado a un equivalente aproximado de la familia real británica; la vida de él no tenía nada de normal, ya que soportaba una pesada carga de obligaciones por ser quien era. Era obvio que habían hecho desfilar ante él a una mujer tan vanidosa y desagradable como Electra con la esperanza de unir a dos poderosas familias con un matrimonio; Takis Koumanidis no había dudado en detallar el impresionante linaje y las conexiones de su familia, y cuanto más sabía de él, menos inclinada se había sentido ella a contarle nada de sí misma.

Cuando él había afirmado a bombo y platillo que su hija era muy hogareña en el fondo, una joven que ansiaba tener un hogar y una familia para sentirse realizada, Ianthe se había dado cuenta de que estaba recibiendo un aviso, y que ambas familias esperaban que Lysander y Electra se casaran.

Había apartado la mirada de Takis, y había buscado al hombre que acaparaba sus pensamientos... y lo había visto aparentemente absorto en lo que fuera que Electra le estuviera diciendo. Si hubiera tenido alas, se habría ido volando hacia la isla en aquel mismo instante, pero no había tenido otro remedio que soportar varias incómodas horas más antes de poder irse con Lysander.

En ese momento, a pesar del dolor que sentía por su engaño, y por la terrible posibilidad de que le hubiera mentido en cualquier otra cosa, Ianthe deseó volver a estar en sus brazos. Quizás era débil, crédula y todo aquello que no quería ser, pero era difícil luchar contra una necesidad tan poderosa; sólo quería aislarse del resto del mundo, y disfrutar de la sensación de aquel fuerte y protector abrazo que la hacía sentirse amada... aunque estaba claro que él no sentía nada por ella.

El teléfono sobre su mesita de noche empezó a sonar, destruyendo el relativo silencio, y vio en el espejo que en sus ojos aparecía un brillo de esperanza; quizás era Lysander. Se apresuró a volver a la habitación, y prácticamente arrancó el teléfono al descolgar.

–¿Diga?

–¿Señorita Dane? –dijo la recepcionista del hotel–; hay un hombre que quiere verla, ¿puede bajar?

Ianthe pensó que sólo podía tratarse de Lysander, que quizás había ido a disculparse; a lo mejor había tenido una buena razón para ocultarle la verdad, y quería explicársela. En todo caso, se dijo que al menos debería escucharlo; la lógica le decía que, como todas las mujeres enamoradas, estaba ignorando los defectos de su pareja, pero no quería pensar en ello. Lo único que deseaba era ver al hombre que amaba y necesitaba.

Apartándose el flequillo de la frente con un gesto impaciente, Ianthe no dudó en contestar:

–Enseguida bajo.

Sin embargo, en cuando llegó al vestíbulo, con unas sandalias con suela de goma que apenas hacían ruido contra el suelo de mármol, y un ligero vestido rosa cuyos finos tirantes enfatizaban el reciente bronceado de sus hombros, no se encontró a Lysander, sino a un elegante Takis Koumanidis. Se tragó su amarga decepción, y rogó que el hombre no se diera cuenta de que había esperado encontrarse a otra persona; apenas capaz de oír su propia voz por encima del estruendoso sonido de su corazón, dijo:

–Señor Koumanidis, qué sorpresa.

–*Kalimera*, Ianthe. Por favor, perdona que te moleste así, pero esperaba que pudieras concederme media hora de tu tiempo, y venir a tomar un café conmigo.

Sin saber qué pensar ante aquella inesperada y sorprendente invitación, Ianthe se alisó el vestido nerviosamente; de repente, pensó que Takis quizás había ido a advertirle que se alejara de Lysander, para dejarle el camino libre a su hija. Tragándose la rabia y el dolor que sentía, Ianthe se obligó a mantener la calma.

–¿Pasa algo, señor Koumanidis?

Tras contemplar brevemente la sortija de oro que tenía en su dedo anular, el hombre bajó la mano y la miró con una sonrisa, mostrando una dentadura perfecta que debía de haberle costado una fortuna.

–Llámame Takis, por favor. Y no hay razón para que te alarmes, sólo quiero tener una pequeña charla contigo. ¿Me concederás ese honor?

Incapaz de encontrar una excusa válida para poder negarse, Ianthe inclinó la cabeza con reluctancia y dijo:

–De acuerdo...

Poco tiempo después, sentados en una cafetería, Takis comentó:

–Sabes, me sorprendí mucho cuando te vi por primera vez.

La miró con un escrutinio tan intenso, que Ianthe se sintió un poco incómoda, sobre todo porque aún no sabía por qué él quería tener aquella «pequeña charla» con ella.

–¿Por qué?

–Eres el vivo retrato de alguien a quien conocía –confesó él con un profundo suspiro.

Ella frunció el ceño, y esperó a que él continuara hablando.

–Ella también se llamaba Ianthe, y sólo tenía dieciocho años cuando nos hicimos amantes. Yo tenía veinticuatro, te estoy hablando de hace unos treinta años. No me resulta fácil hablar de esto, pero voy a intentarlo.

Sin prestar la más mínima atención a su taza de café, Ianthe apenas podía apartar la mirada de Takis. Él se sacó un pañuelo inmaculadamente blanco del bolsillo de su chaqueta, y se secó la frente antes de seguir.

–Anoche te expliqué brevemente la historia de mi ascendencia; mi familia amasó su fortuna hace mucho tiempo, somos... ¿cómo te lo diría...? Una familia de rancio abolengo. Sin embargo, Ianthe era completamente diferente; provenía de un entorno pobre, muy pobre, así que nuestra unión se hubiera considerado muy inadecuada. Además, su familia era muy creyente, casi fanática, mientras que la mía no lo era en absoluto; en definitiva, lo teníamos muy difícil para que nuestra relación funcionara. Sin embargo, si yo hubiera tenido el valor de ir contra el mandato de mi padre, me habría casado con ella cuando se quedó embarazada.

Cuando Takis se detuvo y sacudió la cabeza,

Ianthe creyó ver lágrimas en sus expresivos ojos oscuros; los latidos de su corazón se ralentizaron, y toda la sangre pareció fluir hacia su cabeza.

–¿Qué... qué hiciste? –preguntó ella; tenía la boca tan seca, que le costó hablar.

–Le di dinero para que fuera a Inglaterra y abortara.

–Y... ¿ella lo hizo?

Ianthe estaba estrujándose las manos sobre la mesa, y palideciendo con cada segundo que pasaba; él había dicho que aquello había sucedido treinta años atrás, así que ella tenía la edad adecuada.

El hombre frente a ella volvió a secarse la frente con su voluminoso pañuelo, y dijo:

–Nunca volví a saber de mi dulce Ianthe, así que no puedo responderte a eso. Me dije que habría conocido a algún inglés, que quizás se habría casado y se habría establecido en aquel país extranjero. No pasa ni un día en el que no piense en ella, y cuando te vi aparecer en la casa de mi amigo con su hijo, apenas pude dar crédito a mis ojos; te pareces tanto a ella, que es sorprendente. Incluso te mueves y sonríes igual que ella, y no pude evitar preguntarme... ¿quiénes son tus padres?, ¿tienen alguna conexión con Grecia? –dijo con ansiedad.

–Tanto mi padre como mi madre son ingleses –se oyó contestar Ianthe, aunque en su interior reinaba el caos–; mi madre es de Sussex, y mi padre de Yorkshire. Mis abuelos también son ingleses, al igual que mis bisabuelos. Lamento no poder decirte nada más.

–Ya veo. Siento haberte impuesto la carga de mi triste historia, Ianthe, pero espero que entiendas por qué tenía que contártela, por qué tenía que preguntarte sobre tu familia.

–En la vida hay constantemente extrañas coincidencias –contestó ella, encogiéndose de hombros con una pequeña sonrisa; tomó su taza de café con cuidado, ya que le temblaban las manos, y tomó un sorbo–. Lamento que mi apariencia haya reabierto viejas heridas; estoy segura de que, dondequiera que esté Ianthe, estará bien y será feliz. A lo mejor es mejor no desenterrar viejos recuerdos, ¿no crees?

Se miraron durante unos segundos, pero Ianthe apartó finalmente la vista, incapaz de soportar la mezcla de esperanza, decepción y alivio que se reflejaba en los ojos de él. Su pecho estaba tan tenso que apenas podía respirar, y al ver al resto de comensales disfrutando inocentemente del día, se dio cuenta de que tenía que alejarse de toda aquella gente que la rodeaba. Lo que Takis Koumanidis acababa de revelarle era demasiado asombroso para asimilarlo sin más, y necesitaba estar sola.

Capítulo 9

FINALMENTE, Lysander recurrió a lo único que podía distraerlo de la avalancha de frustración y furia que lo desbordaba; tomó su cámara, un poco de fruta y una botella de agua, lo metió todo en una mochila, se la puso al hombro y salió de su casa.

Siguió el camino hasta la calle principal de la pequeña población, con la intención de visitar a su amigo Ari antes de ir a las colinas para fotografiar el paisaje. Con un poco de suerte, algo de actividad física y trabajar con su cámara lo ayudarían a controlar su deseo creciente de ver a Ianthe. Ella le había dicho que necesitaba algo de tiempo, pero ¿cuánto exactamente? ¿Un día, una semana?, ¿más que eso? Se preguntó si volvería a verla antes de que regresara a su país.

Maldiciendo entre dientes por su incapacidad de apartarla de su mente, Lysander aceleró el paso para que el esfuerzo lo distrajera un poco. Al pasar junto a una pequeña y elegante cafetería, que solían frecuentar algunos de los adinerados atenienses que pertenecían a su círculo de conocidos, se detuvo en seco al ver a Takis Koumanidis, el «viejo amigo» de su padre, con Ianthe. Mientras los observaba, se levantaron de la mesa donde estaban sentados, y Takis la besó afectuosamente en ambas mejillas.

Lysander sintió que una mezcla de incredulidad y furia corrosiva atronaba en su interior; su espalda se cubrió de sudor, mientras una oleada de calor inundaba su cuerpo y hacía que el mundo se tiñera casi de rojo.

Al parecer, no había imaginado el interés de Taki por Ianthe durante la cena, ¡el hombre estaba intentando arrebatársela justo delante de sus narices! Había asumido que el amigo de su padre estaba casado, porque llevaba una sortija de matrimonio, pero estaba claro que no era adverso a tener amantes y que planeaba que Ianthe fuera la próxima.

La vio bajar apresuradamente los escalones hasta la calle, con el cabello cayéndole por la espalda y un ligero vestido rosa, y no dudó en seguirla. Esperó a que ella entrara en la estrecha calle que llevaba al hotel, y entonces apresuró el paso para alcanzarla. Estaba demasiado furioso para ser amable, así que la agarró del brazo y la atrajo bruscamente contra su pecho.

Los ojos de Ianthe reflejaron miedo, pero al reconocerlo, lo miró con sorpresa. Lysander se sintió embriagado al volver a tenerla tan cerca, pero entonces recordó que era más que posible que estuviera planeando serle infiel, a pesar de sus presuntos principios, y dijo furioso:

–¿Qué hacías con Takis Koumanidis? ¡Respóndeme!

Fue como si la arrojaran de repente en medio de una violenta tormenta. Ianthe iba andando inocentemente, con la intención de llegar cuanto antes al hotel para poder asimilar en privado las revelaciones de Takis Koumanidis, cuando de repente su amante la zarandeó y la aplastó contra su pecho bruscamente en medio de la calle. Sabía que la expresividad griega a veces llevaba a muestras públicas de afecto, pero era chocante que Lysander se hubiera acercado así a ella, tan abiertamente, bajo la mirada de todos los viandantes.

–¡Suéltame! Lysander, ¿qué te pasa?

Intentó liberar su brazo, pero cuando él la soltó de forma inesperada, Ianthe resbaló en el empedrado del suelo y estuvo a punto de perder el equilibrio.

–¿Qué pasa con tus famosos principios, Ianthe? ¡Explícamelo! ¿Qué hacías en esa cafetería con el amigo de mi padre?, ¿estabais intercambiando consejos financieros? –dijo Lysander, con una mirada brutalmente despectiva–; ¿por eso me dijiste que necesitabas tiempo?, ¿acaso te ha hecho una oferta que no has podido rechazar?

Cuando Ianthe empezó a entender el significado de sus furiosas palabras, sintió que le flaqueaban las piernas; lo miró con incredulidad y creciente resentimiento, y cubrió con la mano el lugar donde sus dedos la habían aferrado con demasiada fuerza.

–No sabes de qué estás hablando –le dijo, sacudiendo ligeramente la cabeza en un gesto de decepción–; conocí a ese hombre ayer por la noche, ¿cómo puedes ser tan insensible?

–Ah, resulta que ahora soy insensible además de mentiroso, ¿verdad?

La furiosa expresión de sus morenas facciones no disminuía su increíble atractivo, aunque a Ianthe se le cayó el corazón a los pies al verlo tan enfadado. Al parecer, no había ninguna confianza entre ellos; la increíble conexión física que compartían no implicaba que todo lo demás tuviera que funcionar a la perfección, y quizás ella había esperado demasiado.

–Preferiría no continuar esta discusión en público –dijo, ruborizada al notar que la gente los miraba y se detenía en medio de la calle para curiosear–; si quieres que hablemos, lo haremos en privado, como dos seres humanos civilizados, y no gritando en medio de la calle. Dame media hora, y ven a verme al hotel; te estaré esperando.

–¡No pienso esperar media hora! ¿Para qué necesitas tanto tiempo?, ¿para inventarte una sarta de mentiras y convencerme de que no planeas tener una aventura con el amigo de mi padre? Ya he sido engañado por una experta, Ianthe, y conozco las artimañas femeninas. Vas a volver a mi casa conmigo ahora mismo, y hablaremos allí.

–No, Lysander, ¡no pienso ir a ninguna parte contigo!

Aunque se negaba a acatar su dictatorial orden, Ianthe se preguntó a qué se refería él al decir que le había engañado una experta. ¿Estaría refiriéndose a su esposa? Intentando ver más allá de la furia que relampagueaba en aquellos tormentosos ojos azules, supo que no podría reflexionar sobre lo que le había dicho Takis hasta que saldara aquella confrontación con Lysander. Cuando él empezó a insistir en voz cada vez más alta, ella se dio por vencida y dijo:

–¡De acuerdo! –lanzó una mirada a su alrededor, vio a los curiosos esperando a ver el desenlace de aquella escena, y añadió con un suspiro–: iré contigo.

Lysander no contestó ni esperó a ver si ella cumplía con lo dicho; tras asegurarse la mochila sobre el hombro, volvió por donde había llegado con un paso deliberadamente rápido.

Dejando que Ianthe lo siguiera cuando quisiera, Lysander salió a la terraza de grava que llevaba a un pequeño embarcadero de madera ajado por el tiempo; necesitaba unos minutos para intentar calmar la decepción y las sospechas que lo atormentaban.

Admitió para sí que había insistido en que tenían que hablar en su casa porque seguía deseándola con locura; si estuviera en sus cabales, y no bajo la influencia de alguna especie de hechizo carnal, le habría dicho que se fuera al infierno con Takis Koumanidis y que no volviera a empañar su puerta con su presencia. Estaba claro que las mujeres hermosas y falsas eran su debilidad, y se despreciaba por ser tan débil, porque lo único que conseguía era que le rompieran el corazón.

Olvidó por un segundo su enfado al oír los pasos de Ianthe sobre la grava y su suspiro de cansancio, y se volvió hacia ella; un tirante del vestido se había deslizado por su brazo, pero ella no hizo ademán de devolverlo a su sitio. Aunque una parte de Lysander ardía por quitarle aquel vestido, se aferró a su furia como si fuera un escudo contra su provocativo encanto, y no se permitió suavizar su actitud hacia ella.

–Bueno, ahora ya puedes decirme lo que hacías en la cafetería con ese hombre –espetó con brusquedad.

–Ha sido algo completamente inocente –dijo Ianthe, contemplando distraídamente el mar agitado, de color más grisáceo apagado que vibrante aguamarina.

Su mirada permaneció fija en el agua durante unos largos segundos, y Lysander se sintió celoso de que acaparara su atención más que él.

–Tuvimos una pequeña charla, eso es todo –añadió ella.

–¿Una charla? –los labios de Lysander se torcieron en una mueca mordaz–; ¿vino desde Atenas para charlar contigo? ¿Puede saberse sobre qué?

Ianthe se retorció las manos, y pareció no querer mirarlo directamente.

–No... no puedo decírtelo. Pero no es nada de lo que estás imaginando, Lysander. Te lo prometo.

–¿Por qué tendría que creerte? A mí me parece muy sospechoso que un hombre al que conociste anoche en casa de mis padres te invite poco después a tomar café, sin ningún motivo ulterior. No soy tonto, Ianthe, y estás cometiendo un grave error si crees que puedes engañarme.

Cuando él dio un paso hacia ella, Ianthe retrocedió un poco automáticamente con expresión cauta, y Lysander lamentó de inmediato su brusquedad al agarrarla en la calle. No solía dejar que su frustración se descontrolara de aquella manera, y se aseguraría de que no volviera a suceder.

–Deja de portarte tan evasivamente, y cuéntame la verdad –le exigió.

Ianthe sentía un agudo dolor de cabeza por el torrente de emoción que le impedía incluso pensar.

–¿Cómo te atreves a exigirme la verdad? –contestó con brusquedad, frunciendo el ceño con enojo–; ¡tú me ocultaste deliberadamente quién eres y a qué te dedicas!

–Así que volvemos a eso, ¿no?

Convencido de que era una treta para distraerlo de sus preguntas sobre Takis, Lysander la atravesó con una mirada devastadora y e inflexible.

–Tenía mis razones para no contarte toda la verdad sobre mi trabajo y mi familia, pero no me propuse mentirte deliberadamente. ¡*Exijo* que me digas lo que hacías con Takis Koumanidis! Si no lo haces, no me dejarás otra alternativa que imaginar lo peor de ti. Y no creas que voy a dejarme engañar fácilmente, o que te perdonaré. Ya tuve que aguantar demasiadas artimañas traicioneras femeninas cuando mi esposa me engañó con otro hombre... ¡no pienso tolerar que tú hagas lo mismo!

Así que había sido su esposa la que lo había traicionado. No era de extrañar que hubiera pensado lo peor al verla con Takis Koumanidis. Por un segundo, el amor que sentía por él hizo que Ianthe deseara poder dispersar la nube de sospecha que lo atormentaba, e incluso pensó en perdonar su engaño en lo concerniente a su identidad.

Sin embargo, no podía contarle lo que le había dicho Takis; apenas había tenido tiempo de asimilar la increíble historia, ni de considerar las implicaciones si resultaba ser la hija de un hombre así. Además, él le había pedido que no divulgara el contenido de su conversación con nadie, y ella le había prometido que no lo haría. Estaba claro que el hombre no quería empañar su imagen entre su familia y sus amigos, y ella no tenía ningún interés en sacar a la luz antiguos romances que habían acabado en dolor y tragedia.

No podía contarle a Lysander de qué habían hablado, pero él no la creería a menos que lo hiciera, así que no tenía opción; por muy duro que fuera, tendría que decirle sólo lo estrictamente necesario, sin revelar el secreto de Takis. Si la opinión que Lysander tenía de ella era tan mala como para creer que era promiscua y falta de principios, tendría que dejar las cosas tal como estaban y soportar sus horribles sospechas, sin importar que el corazón se le estuviera partiendo en mil pedazos.

–No te estoy engañando con el amigo de tu padre, Lysander. Te lo prometo. Siento que estés decidido a pensar lo peor de mí y no poder hacer que cambies de opinión, pero te estoy diciendo la verdad. De hecho, es probable que no vuelva a ver a ese hombre en mi vida.

Lysander deseaba poder creerla; le resultaba muy difícil pensar que estuviera engañándolo al oír el tono sincero de su voz, y al ver aquella mirada que rogaba su comprensión. Pero necesitaba con desesperación saber por qué Takis había ido a la isla para hablar con ella; si Ianthe no tenía nada que esconder, ¿por qué no le explicaba lo que pasaba, y acababa con las sospechas y la desconfianza que había entre ellos?

–¿Lysander?

Ella se acercó y se detuvo frente a él, y al ver su adorable rostro ruborizado, él no pudo resistirse y acarició tiernamente sus mejillas con los nudillos. Con la palma de la mano, acunó su perfecta mandíbula, como si fuera tan delicada como la de una niña, y volvió a capturar su mirada sobresaltada.

–Eres tan fascinante y hermosa, que no me sorprendería lo más mínimo que Takis Koumanidis deseara tenerte en su cama –le dijo con voz ronca.

Lysander no se molestó en ocultar la pasión encendida que brillaba en sus ojos, y sus dedos se tensaron ligeramente sobre la mandíbula de Ianthe. No podía resistirse a ella, y era consciente de que aquello podría acabar siendo su perdición; pero si tenía que volver al infierno que había conocido con Marianna, arrastraría a Ianthe con él.

Desesperado por escapar de aquellos celos enloquecedores, la besó salvajemente y aplastó las femeninas curvas que lo atormentaban contra su cuerpo; la pasión estalló entre ellos en un ardiente torrente de deseo cuando sus lenguas se entrelazaron, y ella deslizó las manos por sus hombros hasta rodear su cuello.

Lysander se apartó un poco, buscando la confirmación en sus sensuales ojos marrones, y cuando encontró en ellos la respuesta que tanto anhelaba, la levantó en sus brazos y la llevó al dormitorio. Apenas capaces de detenerse el tiempo suficiente para quitarse la ropa, cayeron sobre la cama, y sus miembros se enredaron en una vorágine de deseo mientras cedían ante la fuerza irresistible de sus emociones.

Ianthe nunca había perdido sus inhibiciones o la cabeza tan completamente; no se estaba quitando solamente la ropa, sino que también se estaba desprendiendo de la rígida capa de autocontrol que había impedido que experimentara placer tantas veces a lo largo de los años. Con aquel hombre estaba saliendo a la luz una fiera y salvaje sirena sensual sin cohibiciones; Lysander había liberado a la mujer sexy y provocativa que ni ella misma sabía que existía en su interior.

Cuando él le quitó las braguitas de algodón y la colocó a horcajadas sobre sus caderas, Ianthe sintió que todas sus preocupaciones previas se desvanecían. El engaño de sus padres, la increíble historia de Takis sobre otra mujer con su mismo nombre, su impulsiva decisión de cambiar su vida a mejor de alguna forma... era como si atañeran a otra persona. Nada de aquello parecía afectar a la apasionada mujer incapaz de apartar las manos de aquel joven y musculoso dios griego, que la estaba llevando al paraíso con sus apasionadas caricias.

–Lysander... no quiero jugar, quiero... necesito que...

–No has dicho la palabra mágica, Ianthe. *Parakalo*. Es la palabra griega para decir «por favor» –la provocó, mirándola con ojos ardientes mientras sus manos ascendían aún más por sus muslos desnudos.

–*Parakalo*. ¡Te deseo ahora mismo! Por favor...

Él no la hizo esperar más. Tras desabrocharse los pantalones, liberó su dolorosamente dura erección y la penetró.

El mundo entero parecía girar sin control a su alrededor; el placer que lo ahogaba era increíble, abrasador, y el disfrute desinhibido de Ianthe lo inundó de un fiero y satisfecho orgullo masculino. Los tirantes del vestido de ella se habían deslizado por sus hombros desnudos, y su cabello oscuro era una sensual nube de seda alrededor de su hermoso rostro mientras se movía rítmicamente sobre él y profundizaba cada vez más la penetración. Sus exclamaciones de placer eran los sonidos más eróticos que él hubiera escuchado jamás, y el grito salvaje que escapó de los labios de ella cuando llegó violentamente al clímax resonó en las paredes de la habitación.

Lysander la siguió de inmediato, y levantó las caderas desenfrenadamente contra ella cuando descargó su simiente dentro de su cuerpo con una posesión furiosa. Mientras el placer estallaba a su alrededor y parecía encender una llama en su alma, bajó la cabeza de ella y la besó profundamente, con una pasión que nunca había compartido con nadie más.

Ella lo había llevado al paraíso, y si resultaba ser una mentirosa como su esposa, estaba destinado a volver al infierno.

Capítulo 10

LYSANDER apartó el montón de sábanas revueltas, se levantó de la cama, y lanzándole una breve mirada por encima del hombro, dijo:

–Voy a buscar algo para beber.

La cintura de los vaqueros le quedaba baja, y enfatizaba su figura de caderas estrechas; Ianthe recorrió con una mirada hambrienta su espalda desnuda, y no pudo evitar que volviera a encenderse en su interior una llama de deseo. Hacer el amor con aquel hombre era adictivo, y su cuerpo entero resplandecía y palpitaba de placer. Era difícil creer que su esposa le hubiera sido infiel, seguramente la mujer no estaba en sus cabales; si Lysander fuera suyo...

Apartó aquel pensamiento de inmediato, porque sólo haría que sufriera aún más; él no era suyo, y seguramente jamás lo sería. Si complacía a sus padres y a Takis Koumanidis, quizás en un par de meses estaría casado con la desvergonzada Electra, y dos familias griegas increíblemente ricas unirían su poder mediante aquel matrimonio.

Ianthe se dio cuenta de repente de que, si Electra resultaba ser su hermanastra, ella viviría atormentada al saber que el hombre al que amaba estaba casado con una pariente suya. Sintió que una punzada de dolor le atravesaba el pecho al pensar en aquello, y salió de su ensoñación al recordar lo que Takis le había contado.

Tras ponerse bien los tirantes del vestido, se levantó también de la cama, tomó del suelo las braguitas de algodón que él le había quitado con abandono, y esperó a que Lysander desapareciera en la otra habitación antes de ponérselas apresuradamente.

Se calzó las sandalias, que dejaban los dedos de los pies al descubierto, y lo siguió hasta la pequeña cocina; mientras él sacaba una botella de zumo de la nevera, fue incapaz de apartar su ávida y admirativa mirada de su hermoso torso desnudo y su serio perfil. Cuando él se volvió hacia ella, Ianthe se colocó un mechón de pelo detrás de la oreja, consciente de su desarreglo, y preguntó:

–¿Puedo utilizar el cuarto de baño?

–Por supuesto –contestó él.

Lysander no sonrió, y ella supuso que a pesar de haber hecho el amor, aún no la había perdonado. No sabía cómo convencerlo de que no estaba planeando nada ilícito, y parecía que sus propios principios se habían vuelto en su contra. Se había enfadado con Lysander porque no le había dicho toda la verdad sobre su trabajo, porque había hecho que creyera que era un simple fotógrafo, y sin embargo ella no le había explicado todas las circunstancias que rodeaban su vida. De hecho, le había contado muy poco de sí misma, así que no era de extrañar que él sospechara de sus motivos.

–Por favor, ¿podríamos hablar cuando salga? –sugirió tentativamente.

Él sirvió zumo de uva en dos vasos antes de responder:

–Sí, hablaremos... si estás dispuesta a contarme la verdad sobre lo que hacías con Takis Koumanidis.

–¿Qué pasa si...? –Ianthe apenas se atrevía a formular la pregunta–; ¿qué pasa si no lo estoy? Porque ya te lo he dicho, *no puedo hacerlo*.

Lysander la miró con expresión cansada y acusadora, y se encogió de hombros en un gesto displicente.

–Entonces tú y yo no tenemos nada más de qué hablar, Ianthe. Es tan sencillo como eso.

Ella se quedó atónita, y sintió que se le helaban las entrañas; al fin, consiguió decir:

–¿Aunque acabamos de hacer el amor?

–Si me has engañado con el amigo de mi padre, si estás planteándote siquiera hacerlo, entonces me temo que lo que hemos compartido no ha sido nada más que sexo vacío y carente de importancia, algo ante lo que hemos sucumbido para satisfacer una necesidad humana muy elemental.

Sus crueles palabras la hicieron sentirse sucia y barata, utilizada; negándose a mostrar su angustia ante él, Ianthe apartó la mirada y fue al cuarto de baño, para poder derramar sus lágrimas de frustración en privado.

Habían hecho el amor sin usar protección.

Mientras conducía por el ajetreado y ruidoso centro de Atenas hacia la mansión de Takis Koumanidis, agradecido por el aire acondicionado del lujoso Mercedes, que lo protegía del calor sofocante del exterior, el cerebro enfebrecido de Lysander volvía una y otra vez a aquel hecho irrefutable.

Se preguntó si Ianthe estaría tomando la píldora, en cuyo caso se estaba preocupando sin necesidad; nada excepto un terremoto o la intervención divina los habría separado la mañana anterior, cuando la furia había dado paso a la pasión, pero se arrepentía de no haber actuado con un poco más de autocontrol.

Era posible que volviera a repetirse la insostenible situación que había soportado con Marianna, pero no creía poder soportarlo si Ianthe se sentía atraída por otro hombre estando embarazada de él. Aunque había permitido con aparente frialdad que ella se fuera llorosa de su casa el día anterior, en realidad le había resultado casi imposible contener el deseo de tomarla en sus brazos.

Sabía que estaba loco por ella, y por eso había vuelto a Atenas y había ido a ver a su padre para pedirle la dirección de Takis. Quería saber si las intenciones del hombre con Ianthe eran honorables o no; sin importar sus sentimientos por ella, no estaba dispuesto a tener una relación con una mujer que deseara a otro hombre.

Un empleado lo condujo a un salón palaciego, y Lysander tuvo que controlar su genio cuando volvió a estar cara a cara con Takis. El hombre estaba de pie junto a la repisa de mármol de la chimenea, fumando un enorme puro cubano, y por un momento lo asaltó una brutal y vívida imagen mental de aquel corpulento hombre de negocios en la cama con Ianthe.

Tras apartar con impaciencia aquellos pensamientos abrumadores de su mente, ignoró la sonrisa que empezaba a aparecer en las facciones regordetas del amigo de su padre, y dijo con brusquedad:

–Gracias por recibirme, a pesar de saber que venía con tan poca antelación.

–¡Por favor, Lysander, me honra tu visita! Valoro enormemente que hayas interrumpido dos veces tus vacaciones por mí. Me alegré muchísimo cuando tu padre me llamó para decirme que venías, lo único que lamento es que mi hermosa Electra no esté aquí para saludarte, pero quizás podamos rectificar eso pronto. Tenemos mucho de qué hablar, ¿verdad?

Lysander pensó con impaciencia que aquello era cierto, aunque el tema que le preocupaba no tenía nada que ver con los negocios ni con Electra; él quería hablar de otra mujer. Se pasó los dedos por el pelo y suspiró, poco dispuesto a conversar educadamente de naderías.

–Te vi ayer tomando café con una amiga mutua, Takis.

–¿Con Ianthe? Sí, es una joven encantadora.

El hombre apagó el puro de repente en un enorme cenicero de mármol que había sobre la repisa, y Lysander creyó vislumbrar un breve relampagueo de nerviosismo en sus ojos.

–¿Qué interés tienes en ella, Takis? Puedes decírmelo con franqueza.

Lysander cruzó la gruesa alfombra, y se sentó en un elegante sofá blanco con expresión deliberadamente calmada.

–No sé a qué te refieres –dijo Takis, encogiéndose de hombros; el brillo de su alianza de oro destacaba en su dedo.

Lysander se dio cuenta de que la incomodidad del

hombre iba en aumento, y aquello añadió credibilidad a sus vagas sospechas de que estaba intentando convencer a Ianthe de que tuviera una aventura con él.

–Has entendido la pregunta, ¿verdad? –Lysander se aflojó la corbata y miró a Takis con expresión implacable, sin darle cuartel.

–Se trata de una cuestión privada que sólo nos concierne a la joven en cuestión y a mí –dijo el hombre.

Claramente ofendido, Takis fue a sentarse en el sillón que había frente a Lysander, mientras su frente se cubría visiblemente de sudor.

–¿Una cuestión *privada*? –incapaz de contener su genio como había sido su intención, Lysander no pudo evitar levantar el tono de voz–; ¿qué puede haber entre vosotros dos que sea privado? ¡Que yo sepa, os conocisteis en la cena en casa de mis padres! ¿Acaso estás intentando convencerla de que se acueste contigo?

–¡No te pases de la raya, Lysander! –al borde de la apoplejía, Takis se secó furiosamente la frente y volvió a ponerse de pie, en una maniobra dificultada por su peso y sus dimensiones–; ¡tu padre se avergonzaría si supiera cómo me has hablado en mi propia casa!

Lysander también se puso de pie; su altura superior le proporcionaba una ventaja tanto física como psicológica sobre el otro hombre.

–¡No mezcles a mi padre! Esto es algo entre tú y yo, y exijo que me digas lo que está pasando realmente. ¡No pienso irme de aquí hasta que lo hagas!

–¡Ésta es mi casa, Lysander Rosakis, y no voy a consentir que vengas a exigir nada!

Takis lo miró con furia, claramente enfadado por el cariz inesperado que había tomado la situación; era obvio que había supuesto que su visita se debía a una razón muy diferente... su hija. Con voz indignada, le dijo:

–Será mejor que me expliques tu propio interés en esa joven inglesa, me pregunto a qué se debió tu osadía de llevarla a la cena. Leonidas cree que lo hiciste sólo para molestarlo, porque ambos esperábamos que Electra y tú os gustarais y decidierais iniciar una relación; sin embargo, si te has tomado la molestia de venir sólo porque nos viste tomando café juntos, tu interés en Ianthe debe de ser muy serio.

Lysander no quería explicarle lo que sentía por ella a nadie, apenas podía explicárselo aún a sí mismo. Se aflojó más la corbata, y sostuvo con reticencia la mirada llena de curiosidad del otro hombre.

–Lo único que tienes que saber es que tenemos una relación –dijo con voz tersa.

–Supongo que te estás acostando con ella, ¿no? –asintiendo con la cabeza, Takis suspiró como si acabara de llegar a alguna conclusión–; sí, está claro que sí. Así que por eso has venido a mi casa, exigiendo saber con tanta furia por qué me encontré con ella.

–Quiero saber la verdad –dijo Lysander con expresión cautelosa, mientras se preparaba para oír lo peor.

–No puedo negar que me decepciona tu interés en la joven, ya que tanto tu padre como yo teníamos grandes esperanzas de que Electra y tú llegarais a... bueno, está claro que eso no va a suceder, ¿verdad? –Takis suspiró, y al fin dijo–: lo que voy a contarte debe permanecer de forma estrictamente confidencial entre nosotros, Lysander. Ni siquiera tu padre lo sabe. ¿Tengo tu palabra de que no traicionarás mi confianza?

–Sí.

Takis fue hasta la puerta, y se aseguró de que estuviera bien cerrada. Cuando volvió a la repisa de mármol para encender otro puro antes de empezar a hablar, el corazón de Lysander empezó a martillearle en el pecho con una sensación cercana al miedo.

Ianthe se había pasado prácticamente la noche entera pensando en Lysander, y en lo que Takis Koumanidis le había dicho; finalmente, mientras desayunaba en una agradable terraza, inhalando el fragante aroma cítrico del limonero bajo el que estaba sentada, decidió al fin lo que iba a hacer.

La historia de Takis era increíble, y había demasiados puntos comunes para ignorarla sin más, a pesar de que ella misma había dicho que en la vida había extrañas coincidencias. Sin embargo, a pesar de que la historia parecía lo suficientemente intrigante para merecer que la investigara a fondo, había decidido que no iba a hacer nada al respecto. Dejaría las cosas tal y como estaban.

De forma inesperada, había sentido una gran paz al tomar aquella decisión, y eso la había convencido de que estaba haciendo lo correcto. Había ido a Grecia a averiguar quién era y, sorprendentemente, lo había conseguido.

Era Ianthe Dane, la única hija de Julia y Maurice Dane. ¿Para qué buscar amor en una familia con la que quizás tuviera lazos sanguíneos, cuando ya lo tenía en abundancia en casa? Takis Koumanidis tenía una hija a la que estaba claro que adoraba, y no le serviría de nada descubrir que tenía otra, producto de un romance que había vivido tanto tiempo atrás. Aquello sólo le acarrearía al hombre problemas con su familia, y aunque no lo conocía demasiado bien, ella no quería causarle ningún daño.

No importaba que al verla él hubiera pensado que ella podía ser su hija, y que hubiera querido comprobarlo. La confirmación de sus sospechas podría costarle muy caro, no desde un punto de vista económico, sino emocional; estaba claro que el hombre había seguido sufriendo por la pérdida de su amor de juventud, e ignorar lo que habría sido de aquella mujer debía de partirle el alma.

Tras tomar su decisión, Ianthe se llevó una cucharada de cremoso yogur griego con miel a la boca, y lo saboreó con placer. Sin embargo, en aquel momento volvió a recordar el dolor que había sentido al marcharse de la casa de Lysander el día anterior, la frialdad de él, su negativa a ceder lo más mínimo cuando ella se había negado a contarle su conversación con Takis.

Era absurdo que él creyera que podía plantearse siquiera tener una aventura con aquel hombre, aunque ignorara la conexión real que posiblemente existía entre Takis y ella. ¿Acaso estaba ciego, para no darse cuenta de que ella lo adoraba? Había estado dispuesta incluso a perdonar sus mentiras sobre su identidad, aunque significaran que no era tan digno de confianza como ella hubiera querido.

Lysander le había dicho que había tenido sus razones para no contarle toda la verdad, y ella había deseado oírlas para absolverlo de toda culpa, pero en ese momento se preguntaba si tendría ocasión de hacerlo. No podía revelar lo que Takis le había contado, así que a menos que Lysander cediera y aceptara que ella no estaba ocultándole nada turbio, era difícil que su relación siguiera adelante.

Pensó en la desconfianza, en las mentiras, pero era difícil resistirse a la increíble atracción que Lysander ejercía sobre ella. El amor que sentía por él consumía cada segundo de su existencia, y jamás se había sentido tan viva como cuando hacían el amor.

Conocerlo la había cambiado profundamente, ¿cómo podría volver a casa y conformarse con menos?

–*Kalimera*.

–*Kalimera*. ¿Puedo entrar?

Ianthe echó un vistazo a la amplia sala, cuyos únicos ocupantes eran en aquel momento los trabajos fotográficos expuestos, y sonrió al amable recepcionista. El hombre devolvió el gesto con calidez, y contestó:

–*Parakalo*, por supuesto. ¿Ha venido de vacaciones desde Inglaterra?

–Sí.

Ianthe frunció los labios al recordar que pronto volvería a casa, y se dio cuenta de que había muchas razones por las que echaría de menos aquella isla. Adondequiera que fuera, la gente se mostraba hospitalaria; todo el mundo era amable y servicial, y no pudo evitar comparar positivamente su carácter generoso y abierto con el talante mucho más reservado de la gente de su país. Con una sonrisa, añadió:

–Pero prefiero no pensar en eso ahora.

Volvió a sonreír, y supo que él había entendido que no se sentía precisamente encantada con la perspectiva de que sus vacaciones terminaran.

–Por favor, siéntase libre de mirar todo lo que quiera; hoy tenemos abierto hasta las diez de la noche, así que puede pasarse el día entero aquí si quiere.

El hombre no tenía idea de lo mucho que le gustaría hacerlo, ya que estar rodeada de las maravillosas fotografías de Lysander sería lo más cercano a estar con él. No lo había visto en dos días, y estaba empezando a pensar que él no tenía intención de volver a verla.

Sintiendo que una punzada de dolor le atravesaba el corazón, se volvió y se dirigió hacia la fotografía que la había cautivado más que ninguna otra, y con la que había sentido una instantánea conexión especial. Ifigenia. El tiempo pareció detenerse mientras contemplaba el angustiado pero fascinante rostro de la anciana, y aunque oyó voces que llegaban desde la entrada, no les prestó ninguna atención.

–Fui a tu hotel, pero me dijeron que habías salido. Supongo que no debería sorprenderme de encontrarte aquí.

–¡Lysander!

Su mirada ávida lo devoró mientras se acercaba a ella; aunque estaba fantástico, vestido de forma informal con una camisa blanca y unos vaqueros, Ianthe apenas podía ver nada más allá del brillo de sus increíbles ojos azules.

–¿Qué has estado haciendo? –le preguntó él, con una ligera sonrisa en los labios.

«Pensando en ti... no he hecho más que pensar en ti». Deseaba poder decírselo en voz alta, pero en sus ojos aún brillaba un vestigio de cautela que impidió que ella le confesara sus verdaderos sentimientos.

Lysander notó con remordimiento que la suave piel bajo los ojos de ella parecía oscurecida aquella mañana, y si Ari no hubiera estado sentado en el mostrador de recepción, si hubieran estado solos, no habría podido contener la abrumadora necesidad que sentía de abrazarla. Pero en el fondo era una suerte que el propietario de la galería estuviera allí, ya que era consciente de que tenía que hacer las cosas de forma muy diferente con Ianthe.

Takis le había revelado una historia fascinante, casi increíble, y si lo que imaginaba llegaba a confirmarse, entonces Ianthe resultaría ser la hija del amigo de su padre; seguramente, ella apenas debía de poder pensar en otra cosa, ni siquiera en él.

Era improbable que Ianthe estuviera pensando en salvar su relación con él justo cuando su vida se había vuelto del revés con la confesión de Takis, y por eso no se había acercado a ella en dos días. Además, prácticamente la había echado de su casa cuando ella se había negado a explicarle la razón de su encuentro con el amigo de su padre.

Lysander sabía que tenía que ceder y dejarle un poco de espacio... quizás mucho, a lo mejor ella decidía poner un espacio que abarcara varios países entre ellos. La idea retorció sus entrañas como un veneno.

Ella lo miró con cautela y dijo:

–La verdad es que no he estado haciendo demasiado, sólo pasear y pensar mucho.

–¿Quieres que vayamos a algún sitio a tomar café? –preguntó él, y lanzó una mirada por encima del hombro hacia Ari, que los estaba observando.

Ianthe sintió que le daba un vuelco el corazón ante la mano que él parecía estar tendiéndole; al menos, no estaba anunciando con frialdad que no quería volver a verla, y se preguntó si habría cambiado de opinión sobre querer saber la verdad de su encuentro con Takis.

–Sí, me gustaría, si no te importa que después vuelva aquí. Quiero volver a recorrer la exhibición.

Lysander recordó cómo se habían conocido, su alegría al encontrar a alguien que compartía sus intereses, y se encogió de hombros.

–No me importa en absoluto –dijo.

Se dirigieron hacia la puerta, y cuando pasaron junto al mostrador de recepción, Ari le estrechó la mano con firmeza y le dijo en griego que pensaba que la joven inglesa era muy hermosa, y que era un hombre muy afortunado. Lysander se limitó a sonreír ante el cumplido, y salió tras Ianthe a la luz del sol.

Capítulo 11

CUANDO nos conocimos, me dijiste que tenías mucho en qué pensar.

Inclinándose hacia delante, con las manos apoyadas relajadamente sobre la mesa bajo una enorme sombrilla verde, Lysander se sintió un poco avergonzado al decir aquello; ella había ido a la isla inquieta y preocupada, y deseó haber insistido en preguntarle el porqué.

La vio fruncir el ceño, y esperó a ver cómo respondía a su engañosamente inocente pregunta; Ianthe tenía las manos entrelazadas sobre su regazo, y parecía particularmente reflexiva.

–¿Me estás preguntando de qué se trataba? –preguntó ella perceptivamente.

Había una sensación de incomodidad entre ellos que Lysander lamentaba profundamente; era obvio que tras su última despedida, en la que la aparente frialdad de él la había afectado tanto, ella se había puesto a la defensiva.

–Sí –contestó–, a lo mejor me ayudará a entender.

–¿A entender el qué?

–La verdadera razón por la que viniste. ¿Por qué elegiste esta isla, Ianthe?

Lysander había empezado a preguntarse si ella había estado siguiendo alguna pista, si sabía que no era tan inglesa como parecía. Una ascendencia dudosa explicaría su apariencia griega, el convencimiento de Takis de que era la hija de su amor perdido... una mujer que también se llamaba Ianthe.

–Y si te lo digo, ¿desaparecerá el enfado de hace dos días? ¿Dejarás de creer que lo que compartimos fue sólo «sexo vacío y carente de importancia», aunque no te haya explicado por qué Takis Koumanidis quería hablar conmigo?

En los ojos de Ianthe relampagueó una expresión de dolor, y Lysander quitó las manos de encima de la mesa y se irguió en su silla. Hacer el amor con ella no había carecido de importancia, todo lo contrario; estar con ella le había tocado el alma más profundamente de lo que jamás hubiera soñado que fuera posible, y le había proporcionado un placer inimaginable.

–No debería haberte presionado al respecto, pero... ¿qué se suponía que tenía que pensar al veros juntos? Ponte en mi lugar, Ianthe.

–Es muy triste que tengas tan poca confianza en mí. Quizás habría llegado a la misma conclusión equivocada si hubiera estado en tu lugar, pero me gustaría pensar que habría creído en la palabra de mi amante. Te dije que mi encuentro con Takis no tenía nada de malo, que no te afectaba en nada ni ponía en peligro nuestra relación.

Su deliberada mención a la falta de confianza le golpeó de lleno. Compungido, Lysander sacudió ligeramente la cabeza y empezó a decir:

–Fui a ver a Takis, y...

–¿Qué? –lo interrumpió ella, atónita.

–Logré convencerlo de que me explicara por qué fue a verte, aunque se mostró más que reacio. La historia que me contó me dejó de piedra. ¿Por qué creyó que podrías ser su hija?, ¿por eso viniste a la isla?

La vio tragar con dificultad, y por un momento pensó que no iba a responderle, pero Ianthe se llevó los dedos al cuello en un gesto casi defensivo, respiró hondo y dijo:

–Mi mejor amiga murió poco antes de que decidiera venir. Polly tenía cáncer de pecho, pero como la enfermedad había estado remitiendo durante seis meses creí que estaba mejorando, que se recuperaría del todo y que el cáncer no volvería a aparecer.

Se detuvo un momento para tranquilizarse, y Lysander sintió que se le encogía el corazón por su dolorosa pérdida; finalmente, ella continuó:

–Su familia no me dijo que el cáncer estaba empeorando... Polly no quería que lo supiera. No sé por qué, pero al parecer creyeron que no podría soportar la verdad. Supongo que querían protegerme en cierta manera, aunque fuera algo ridículo dadas las circunstancias. Como no me dijeron lo grave que estaba... ni siquiera pude despedirme de ella.

Ianthe se secó los ojos con los dedos e hizo una mueca de dolor; sin saber cómo consolarla, Lysander apenas se movió, y dejó que ella continuara cuando estuviera lista.

–La otra razón por la que vine a Grecia fue también de peso: descubrí que era adoptada justo después de la muerte de mi amiga. Puedes imaginarte lo conmocionada que me sentí. Así que ésas son las dos razones por las que vine; no había ningún motivo ulterior, ningún gran plan para venir precisamente aquí. De hecho, elegí esta isla al azar en un mapa de Grecia. Y, por si te lo estás preguntando, te diré que no hay ninguna prueba que demuestre que soy hija de Takis Koumanidis; que él crea que me parezco a la mujer a la que amaba, y que me llame Ianthe como ella, no implica que sea hija suya.

–Cuéntame más de cómo te enteraste de que eres adoptada –la animó Lysander con voz suave.

–¿Qué más hay que contar? Me sentí destrozada –su boca se torció ligeramente en un gesto de angustia–; tengo casi treinta años, y durante todo este tiempo he vivido pensando que era hija biológica de mis padres. Ahora sé que me encontraron en un cesto de ropa de un hospital, con una nota que decía que me llamaba Ianthe. El nombre también estaba escrito en griego. Supongo que vine en busca de una sensación de pertenencia, de un sitio en el que encajara de forma más natural. No tenía ni idea de que surgiría lo de Takis, me tomó completamente por sorpresa cuando vino y me contó su historia; me pidió que no se la contara a nadie más, y yo accedí, por supuesto. De todas formas, son puras especulaciones... además, no entiendo por qué un hombre como él se arriesgaría a sacar a la luz un episodio tan triste de su pasado y quedar expuesto al escándalo, sobre todo teniendo en cuenta que es algo de lo que no se siente nada orgulloso, y que no existe ninguna prueba que confirme sus sospechas. Por eso no podía decirte de qué habíamos hablado, Lysander. Le di mi palabra.

A pesar de las dudas de Ianthe, Lysander volvió a pensar con asombro que era posible que su amante fuera la hija natural del amigo de su padre... el amigo que, irónicamente, tenía esperanzas de que se interesara por su vanidosa hija.

–Así que... como todo son especulaciones y suposiciones, supongo que investigarás si la conexión con Takis existe realmente, ¿verdad? –comentó.

Ianthe lo sorprendió al negar con la cabeza y decir:

–No, no voy a hacerlo. Sea verdad o no, ya tengo unos padres que me quieren, que han hecho todo lo posible por hacerme feliz, a pesar de que se equivocaran al ocultarme que era adoptada. Me he dado cuenta de que encajo más de lo que creía; ya no necesito buscar a mi padre biológico para encontrar mi sitio, porque ya estoy donde debo estar.

–¿Te das cuenta de la oportunidad a la que puedes estar renunciando? –dijo Lysander, perplejo ante la indiferencia con la que descartaba las posibilidades que se abrirían ante ella si resultaba ser la hija de Takis Koumanidis–; el amigo de mi padre es un hombre muy rico, su patrimonio es enorme. No pensarás darle la espalda sin más a una fortuna así, ¿verdad?

Ianthe sintió una punzada de dolor, al recordar lo importante que era el dinero para Lysander y todo su entorno; estaba claro que su aventura terminaría en cuanto ella se fuera de la isla. Los millonarios y multimillonarios de su mundo no tenían relaciones a largo plazo con mujeres como ella; probablemente, Lysander acabaría casándose con alguien como Electra, una mujer griega y rica.

Tras tomar un sorbo de agua para intentar calmar la sequedad de su garganta, dijo:

–Tengo la suerte de haber crecido en el seno de una familia acomodada, aunque nunca creí que el dinero fuera lo más importante en la vida. No considero que sea un requisito imprescindible para alcanzar la felicidad, así que no creo estar renunciando a ninguna fantástica oportunidad al negarme a investigar mi posible parentesco con alguien como Takis Koumanidis.

–Si eso es cierto, está claro que eres muy diferente de las otras mujeres a las que he conocido –dijo Lysander con seriedad.

Él había notado la postura orgullosa de su cabeza cuando le había planteado la cuestión, y se dio cuenta de que estaba ante una persona muy especial. Recordó que ella le había dicho una vez que se había sentido atraída por él, no por su cuenta bancaria, y tuvo ganas de tomarla en sus brazos allí mismo y pedirle que se casara con él, porque era un auténtico tesoro.

Sin embargo, aunque la idea era muy tentadora, Lysander no se sentía preparado para dar un paso tan importante; no estaba listo, aún sentía un gran resentimiento hacia su padre por haberle presentado a una manipuladora mentirosa como Marianna. Su matrimonio lo había marcado de por vida en su actitud hacia las mujeres, ya había demostrado con creces que no podía confiar en Ianthe, y ella había sufrido terriblemente por ello. Además, no había ninguna garantía de que su relación durara más allá del torbellino inicial de la intensa atracción física que compartían.

Sin embargo, mientras descartaba la idea de intentar tener una relación más seria con ella, recordó sus temores sobre la última vez que habían hecho el amor; había estado tan enloquecido de deseo por ella, que había olvidado ponerse protección.

–Tenemos que hablar de algo más. La última vez que estuvimos juntos... en el calor del momento, no usamos protección cuando hicimos el amor –dijo, sin andarse por las ramas.

Ianthe se ruborizó con timidez ante su franqueza, y empezó a trazar con el índice uno de los pequeños cuadrados verdes del mantel de lino.

–Lo siento, Ianthe. Si surge un problema como consecuencia de ello, te aseguro que haré...

–*¿Un problema?* ¿Te refieres a un embarazo?

–Si ése fuera el caso, entonces haré...

–¿Qué es lo que harás, Lysander? –Ianthe levantó la cabeza, y lo miró acusadoramente con ojos relampagueantes y húmedos–; ¿me enviarás de vuelta a Inglaterra para que aborte? Igual que le pasó a mi madre. Así no tendrás que volver a saber de mí, ¿no?

Lysander iba a decirle que haría lo que fuera por ella, que estaría a su lado pasara lo que pasase, y que apoyaría la decisión que ella tomara en lo referente al bebé... aunque decidiera abortar. Si ella optaba por aquella opción, sería emocional y psicológicamente catastrófico para él; ya había perdido a un hijo, y no podía soportar la idea de perder a otro.

–Nunca haría algo así –dijo.

Lysander parecía conmocionado, y ella estuvo a punto de arrepentirse de su violento arranque; sin embargo, el peso emocional de la situación y el estrés acumulado durante los últimos meses se hicieron sentir, y no pudo contener las furiosas palabras que salieron de sus labios.

–Dime, ¿por qué tendría que creerte? Ya me has engañado una vez, ¿cómo sé que no volverás a hacerlo? Vienes del mismo mundo frío, despiadado y superficial que Takis Koumanidis, ¡está claro que las mujeres somos prescindibles para los hombres como tú! Das prioridad a tus ambiciones sobre el amor, y probablemente estés demasiado ocupado en ganar tus millones, para pensar en algo tan insignificante como los sentimientos heridos de alguien –Ianthe se puso de pie bruscamente, mientras sus ojos se inundaban de lágrimas–; bueno, pues estoy segura de que te sentirás muy aliviado al saber que no tienes que preocuparte por el insignificante problemilla que te supondría un embarazo mío, porque resulta que tomo la píldora. Qué suerte para ti, ¿verdad?

Cuando se volvió para marcharse de allí, Lysander se puso de pie y alargó la mano para intentar detenerla, pero al darse cuenta de sus intenciones, ella le lanzó una mirada llena de desprecio y se apartó de él.

–¡No me toques! ¡Y no vuelvas a mentirme en tu vida! Estoy harta de que me mientan... ¡estoy harta!, ¿me oyes?

Sí, la oía. Y fue entonces cuando Lysander se dio cuenta de que, al ocultarle su verdadera identidad y su riqueza, sólo había conseguido solidificar su convicción de que la gente que la rodeaba nunca le decía la verdad. Por culpa de su propia incapacidad de creer que una mujer pudiera interesarse solamente en él, había cometido la grave equivocación de no decirle a Ianthe quién era, y ella lo consideraba un mentiroso.

Dejó que su mano cayera impotentemente a su lado, y un músculo empezó a moverse espasmódicamente en su mejilla mientras el corazón se le llenaba de remordimiento y consternación.

–¿Por qué no te sientas, y hablamos? –sugirió,

consciente de que era inútil que insistiera–; estás llegando a conclusiones precipitadas, que no son ciertas.

–¡Vete al infierno! –espetó ella.

Lysander no pudo hacer otra cosa que verla irse a toda prisa, y sintió una furia renovada hacia su padre, por haber contribuido a crear en él la profunda desconfianza y la arrogancia que le impedían ser totalmente sincero con una mujer. ¿Habría sido ésa la razón por la que ni siquiera le había pedido perdón a Ianthe por haberla herido?

Los padres de Lysander estaban tomando unos cócteles en la terraza con un pequeño grupo de amigos cuando él llegó a la casa. Galatea, su madre, se mostró encantada de verlo, y se apresuró a ir a abrazarlo afectuosamente. Sin embargo, aunque agradecía el caluroso recibimiento, él no perdió tiempo en dejar claro el motivo de su visita; buscó a su padre con la mirada, y al verlo conversando con un hombre al que no reconoció, tocó el brazo de su madre y le dijo:

–Lo siento, pero no estoy aquí de visita; tengo que hablar con Leonidas.

Al oír que su hijo nombraba a su padre por su nombre de pila, Galatea supo de inmediato que debía de haber algún desacuerdo o algún enfado entre ellos; frunciendo el ceño, apartó un mechón de pelo de la frente de Lysander, como solía hacer cuando era pequeño.

–Cariño, está hablando de negocios con el embajador griego en Irán; por supuesto, como director de la compañía, querrá que os conozcáis. ¿Por qué no te unes a nosotros, y tomas una copa? Luego podrás hablar en privado con tu padre, cuando se haya ido todo el mundo.

–¡Lo que tengo que decirle no puede esperar!

Incapaz de ocultar la tensión que atenazaba su cuerpo entero, Lysander fue hasta donde estaba su padre; tras saludar al hombre que lo acompañaba con una breve inclinación de cabeza, no perdió el tiempo y dijo:

–Quiero hablar contigo.

–¡Lysander! ¿Es tan importante lo que tienes que decirme, que ha hecho que olvides tus modales? Como puedes ver, estoy hablando con un invitado. De hecho, deja que os presente...

Antes de que su padre pudiera continuar, Lysander sacudió la cabeza enfáticamente.

–A menos que quieras que te avergüence aún más en presencia de tu distinguido invitado, te sugiero que vengas a hablar conmigo ahora mismo.

Lysander siguió a su padre hasta su despacho; la decoración opulenta y las paredes oscuras de madera de cerezo creaban un ambiente sombrío y poco acogedor.

–Hay varias cosas que deberías saber –empezó a decir, sintiendo la familiar sensación de que las compuertas que contenían su rabia empezaban a abrirse.

–¿A qué te refieres? –perplejo, Leonidas sacudió la cabeza y frunció el ceño–; últimamente, te has vuelto impredecible e irreflexivo. No entiendo lo que te está pasando, hijo mío. ¿Tiene esto algo que ver con alguna joven? ¿Cómo fue tu visita a Takis el otro día?, supongo que no hablasteis sólo de negocios, ¿verdad? ¿Estaba allí la hermosa Electra?

Que su padre mencionara a Electra Koumanidis fue la gota que colmó el vaso.

–No fui a ver a tu amigo porque estuviera interesado en su hija. ¡Maldita sea, entérate de una vez por todas de que estoy harto de que interfieras en mi vida! ¿No te basta con haber hecho que me casara con una zorra intrigante y licenciosa, que hizo de mi vida un infierno? Admito mi responsabilidad; permití que mi ego se sintiera halagado por su atención, y me dejé engañar por su belleza y por el encanto que simulaba mejor que cualquier actriz. Pero tú conocías su verdadero carácter, conocías bien a su familia, y sabías que era incapaz de ser honesta o fiel; sin embargo, como deseabas el prestigio de estar relacionado con la aristocracia, y los orígenes de su familia se remontan a tiempos ancestrales, la pusiste en mi camino una y otra vez. ¡Y ahora estás intentando hacer lo mismo con la hija de Takis!

Incapaz de permanecer quieto, Lysander se metió las manos en los bolsillos de los pantalones y empezó a pasearse por la habitación como un león enjaulado.

Tras permanecer en silencio durante varios segundos, Leonidas se pasó la mano por el pelo en un gesto de cansancio, y miró a su hijo con tristeza.

–No era mi intención causarte tanto dolor, Lysander. Pensé que si Marianna llegaba a conocerte, si de verdad te amaba, como ella afirmaba, se volvería más estable. Su padre pensaba lo mismo, un día me dijo que creía que, si alguien podía hacer que ella se asentara, ése eras tú. Soy consciente de que dejé que mis ambiciones anularan mi sentido común, tu madre me lo ha dicho más de una vez.

–Y tiene razón –dijo Lysander.

Se detuvo en medio de la habitación, y dejó escapar un audible suspiro. Se había quedado estupefacto al oír a su padre disculparse al fin y admitir que había tenido parte de culpa en lo que había sucedido, pero seguía sin fiarse de sus intenciones futuras.

–No vuelvas a interferir en mi vida, ni en la privada ni en la profesional; ¿me lo prometes?

Leonidas asintió lentamente.

–Y puedes olvidarte de cualquier posible relación entre Electra Koumanidis y yo, ¿está claro? Soy perfectamente capaz de elegir a mis propias novias sin tu ayuda. Y cuando vuelva a casarme... –se interrumpió brevemente al ver un destello de esperanza en los ojos de su padre, y sintió que su propio corazón se aceleraba al continuar diciendo–: cuando vuelva a casarme, será con una mujer a la que yo elija, y por amor, no por estrategias ni intereses beneficiosos para la empresa o la familia. ¿Está claro?

–¿Cómo puedo arreglar las cosas entre nosotros? –Leonidas se acercó a su hijo, e hizo un gesto esperanzado con las manos–; sé que la empresa está más que segura en tus manos, tu destreza y tu instinto innato para los negocios han doblado con creces los beneficios en los últimos cinco años. Eres un hombre de muchos talentos, hijo mío. Supongo que debería aceptar mi retiro por fin, y dejarte hacer tu trabajo. ¿Te parece bien?

Era una oferta de paz inesperada, y Lysander la aceptó.

–Sí.

–Entonces, démonos la mano en señal de acuerdo.

Lysander tardó varios segundos en acceder al contacto; había sentido resentimiento hacia su padre durante mucho tiempo, y las viejas heridas no sanarían de inmediato. Finalmente, estrechó su mano, y después fue hasta la puerta del despacho.

–Cuídate, padre. Hasta la vista –dijo, e incluso se permitió esbozar una ligera sonrisa.

Se apresuró a marcharse, y no vio el visible estremecimiento de emoción que sacudió los anchos hombros de Leonidas.

Capítulo 12

QUÉ me aconsejarías que hiciera ahora, Polly? –preguntó Ianthe en voz alta, mientras metía con abatimiento su ropa en la maleta abierta que tenía sobre la cama–; me siento como si hubiera agotado mis opciones en ambos sentidos. Sé que mamá y papá me perdonarán, pero... ¿lo hará Lysander?

Deslizó la mano por la camisa blanca de lino que había sacado del armario, la apretó contra su cuerpo y cerró los ojos con angustia; ¿por qué tendría que perdonarla? Había visto el dolor y el remordimiento en el rostro de él cuando lo había bombardeado con sus recriminaciones, pero aquel día la furia había hecho que ella se mostrara inflexible. Había pensado lo peor de él cuando habían hablado de un posible embarazo, y después de que pasaran veinticuatro horas sin saber nada de él, iba a irse sin despedirse siquiera. Estaba huyendo, porque no podría soportar que volvieran a herirla.

¿Por eso las personas a las que quería le ocultaban la verdad?, ¿porque sabían que en el fondo era una cobarde?

¿Qué había sido de la promesa que se había hecho al llegar a la isla, de descubrir su espíritu aventurero a toda costa? Se había arriesgado lo suficiente para enamorarse de un atractivo desconocido, y el resultado había sido desastroso; tenía una herida en el corazón que probablemente nunca llegaría a curarse del todo. No tenía sentido quedarse allí como una tonta desesperada, con la esperanza de que Lysander quisiera arreglar las cosas y tener una relación a largo plazo con ella.

Ianthe sabía que parte de la culpa era suya, que se había precipitado al llegar a una conclusión completamente errónea; había juzgado a Lysander en función de las acciones pasadas de otro hombre muy diferente, y lo había condenado. Se había sentido demasiado identificada con el abandono y el dolor que su madre biológica debía de haber sentido cuando su amante la mandó a abortar a Inglaterra, y se había convencido a sí misma de que Lysander actuaría de la misma forma despiadada que su padre... si realmente Takis lo era.

Mientras seguía preparando la maleta, se dijo que Lysander se alegraría de que se fuera; lo que iba a ser sólo una simple aventura durante las vacaciones para él, se había convertido en una complicación que seguramente no quería en su vida.

Lo único que podía hacer ella en tales circunstancias era marcharse con dignidad y no molestarlo más, aunque no volver a verlo fuera como ser sentenciada a una cadena perpetua de soledad.

Se preguntó cómo podría dejar atrás un trozo de su alma que no volvería a recuperar jamás.

Aquella mañana, el calor era especialmente intenso en la hermosa isla griega. Ianthe se quitó por un momento el sombrero blanco de paja que llevaba, y se pasó la palma de la mano con cansancio por la frente cubierta de sudor; estaba haciendo cola con la maleta y la bolsa de viaje para embarcar en un transbordador que acababa de atracar, que la llevaría al puerto donde tomaría un autobús hasta el aeropuerto de Atenas. El calor implacable era asfixiante y opresivo; había dormido muy poco la noche anterior, y estaba un poco mareada...

No vio al hombre en camiseta y vaqueros que se abría paso entre el gentío que esperaba para subir al transbordador; lo único que notó fueron los puntos negros que empezaron a aparecer ante sus ojos. Escasos segundos después se desplomó, y sólo se libró de golpearse la cabeza en el suelo porque alguien la agarró a tiempo; de pronto, se encontró apretada de forma protectora contra un cálido y duro pecho.

–¡Ianthe!

Aquella urgente exclamación fue seguida por unas apresuradas palabras en griego; aturdida, notó el brillo del sol contra los párpados, y volvió a escuchar aquella voz pidiendo ayuda. La recorrió una oleada de felicidad al darse cuenta de quién se trataba.

–¿Alguien tiene agua?

Cuando alguien le dio una pequeña botella de plástico, Lysander levantó a Ianthe en brazos y la llevó hasta una de las tabernas que salpicaban la acera. Un hombre mayor griego se apresuró a apartar una silla, y observó con seriedad mientras él la sentaba cuidadosamente; cuando ella se llevó una mano a la cabeza mientras intentaba orientarse, él le puso la botella de agua en los labios y le dijo que bebiera.

La sensación del frío líquido deslizándose por su garganta la sacudió y la calmó al mismo tiempo, y la ayudó a recuperar la estabilidad. Mientras su cabeza iba despejándose poco a poco, consiguió centrarse en los hermosos ojos de Lysander; él estaba de cuclillas frente a ella, y la miraba con tanta preocupación, que Ianthe no pudo evitar la embriagadora oleada de esperanza que inundó su corazón.

–¿Qué estás haciendo tú aquí?

En vez de contestar a su pregunta, Lysander la contempló con expresión solemne, como si no estuviera seguro de si ella conseguiría mantenerse consciente sin su ayuda; recorrió lentamente sus brazos desnudos con las manos de arriba abajo, como si la estuviera explorando, y al fin preguntó:

–¿Cómo te sientes?, ¿por qué estabas bajo el sol, con el calor que hace?

–Estaba esperando para subir al transbordador.

Ianthe se mordió el labio inferior, incapaz de entender sus propias acciones en aquel momento. Lo único que sabía era que amaba a aquel hombre profundamente, con una intensidad abrumadora y casi dolorosa que hacía que la sangre corriera por sus venas como un torrente salvaje.

–¿Por qué?, ¿ibas volver a Inglaterra sin despedirte siquiera de mí?

Lysander la sobresaltó un poco al ponerse de pie con impaciencia, pero él se limitó a tomar otra silla y ponerla frente a ella; cuando se sentó, sus rodillas prácticamente se tocaban. Con un suspiro, tomó sus manos entre las suyas pensativamente, con ternura, y dijo:

–¿Significo tan poco para ti?, ¿acaso consideras

que nuestro tiempo juntos ha sido algo sin importancia?

–¡No!, ¡todo lo contrario!

–Entonces, ¿por qué te vas? ¡Y sin decírmelo tan siquiera!

–Porque... porque me porté tan mal contigo la última vez que nos vimos, que pensé que no querrías volver a verme.

Ianthe intentó con todas sus fuerzas sonreír, pero el gesto acabó siendo una mueca de disculpa. Lysander siguió sosteniendo sus manos, y bajó la mirada hacia ellas mientras acariciaba suavemente sus nudillos con el pulgar.

–Y yo me porté tan bien contigo, que desconfié de ti a la primera oportunidad, ¿verdad?

Al recordar cómo la había agarrado en medio de la calle, furioso tras verla con Takis, Lysander maldijo entre dientes. En aquel momento había empezado a darse cuenta de lo mucho que aquella mujer significaba para él, pero en vez de intentar averiguar la verdad, había preferido creer que lo iba a traicionar con otro hombre, como había hecho Marianna.

Pero Ianthe era completamente diferente a su difunta esposa; ella era una persona honesta, íntegra y muchas cosas más, y sería un auténtico necio si la dejaba escapar.

Levantó los ojos, y cuando sus miradas se encontraron tragó convulsivamente antes de poder empezar a hablar.

–Jamás te pediría que abortaras si te quedaras embarazada –dijo, y acarició su mejilla con ternura.

El contacto fue increíblemente suave, como el roce de un hilo de araña flotando en el aire, y ella sintió que una punzada de doloroso anhelo por él le atravesaba el corazón.

–Ya lo sé –dijo, encogiéndose ligeramente de hombros mientras lograba esbozar una sonrisa–. De todos modos, es verdad que estoy tomando la píldora, así que no tienes... no tenemos que preocuparnos. Soy cauta por naturaleza, y no suelo dejar las cosas al azar; bueno, al menos no solía hacerlo, pero estoy esforzándome por cambiar.

–Si descubrieras que estás embarazada con nuestro hijo, Ianthe... lo cierto es que no me sentiría consternado, sino increíblemente feliz.

Lysander la soltó y apretó las palmas de las manos contra sus propios muslos, mientras dejaba que volvieran los recuerdos; deliberadamente, aquella vez no se permitió apartarlos de su mente por el dolor que le causaban.

–Te conté que había estado casado, y que mi mujer había muerto, ¿verdad? –esperó a ver la confirmación en los ojos de Ianthe, y continuó–: el matrimonio fue un desastre. Marianna... ella era... por desgracia, le resultaba difícil conformarse con un solo hombre.

Cuando Lysander se detuvo durante unos segundos, Ianthe recordó que él le había dicho que había sido engañado por una experta; al parecer, iba a saber por fin lo que había pasado.

–Yo era consciente de que me había embaucado, pero parte de la culpa había sido mía, ya que permití que su belleza y sus falsas declaraciones de amor me engañaran. Me había casado con aquella mujer para bien o para mal, y no podía tomarme mi compromiso a la ligera. Cuando me aseguró que quería otra oportunidad para conseguir que nuestro matrimonio funcionara, parecía tan sincera que accedí; se quedó embarazada, y aunque yo sabía que no llegaríamos a envejecer juntos, tuve la esperanza de que, si ambos nos esforzábamos, el niño nos uniría un poco. Pensé que al menos podríamos rescatar algo bueno de nuestra desastrosa unión. Por desgracia, después de nuestras últimas vacaciones aquí en la isla, Marianna sufrió un aborto natural, y tanto el niño como ella murieron.

Ianthe inhaló con fuerza, atónita, y el profundo dolor que vio en aquellos ojos azules que tanto amaba la conmovió tanto, que estuvo a punto de volver a marearse. Tenía que intentar consolarlo.

–Oh, Lysander, lo siento mucho. Debes de haber sufrido tanto...

Le puso una mano en la rodilla sobre la suave tela de los ajustados vaqueros, y de inmediato notó el calor de su firme cuerpo masculino; se sintió culpable y se apresuró a apartarse, porque no podía ofrecerle consuelo de la forma que deseaba en un sitio público. Ya había atraído bastante la atención por aquel día al desmayarse en la cola del transbordador.

Lysander también se había sentido inmediatamente afectado por aquel breve contacto; una ardiente ola de deseo lo había golpeado y había incendiado su entrepierna, pero aunque necesitaba desesperadamente estar a solas con Ianthe, había dos cuestiones más que tenía que sacar a la luz antes de dar rienda suelta a su pasión.

–No te conté toda la verdad sobre mi trabajo cuando nos conocimos, porque debido a mi posición tengo que ser cauto con las mujeres que muestran interés en mí, y ya he cometido un error catastrófico en el pasado. Por eso, no me resulta nada fácil confiar en las intenciones de una mujer al conocerla; mi familia es muy conocida en estas islas, así como el hecho de que somos muy ricos.

Lysander sonrió, y al ver los dos hoyuelos que se formaron en su rostro, Ianthe sintió que por sus venas fluía cálida miel en vez de sangre.

–Me resultaba muy gratificante fingir que era sólo un fotógrafo desconocido de vacaciones en la isla –continuó él–; sobre todo cuando el destino intervino y conocí a la mujer más hermosa, por fuera y por dentro, que había conocido en mi vida.

Ianthe lo miró con todo el amor que sentía por él brillando en sus ojos, y apenas podía permanecer quieta por la energía efervescente que hacía palpitar su cuerpo.

–¿Cómo sabías que estaba en el puerto? –le preguntó.

Insegura, lanzó una mirada hacia la hilera de pasajeros que subían ya al transbordador, y vio agradecida que alguna persona atenta había apartado su equipaje y lo había dejado donde ella pudiera verlo, con su sombrero encima.

Lysander la vio mirar hacia el transbordador con una expresión que él creyó que era de inquietud, y sintió que se le encogía el corazón de temor.

–Fui a verte al hotel, y me dijeron que te habías ido. No pude venir ayer, porque tuve que ir a Atenas por negocios.

Decidió que le explicaría más tarde la difícil relación que había mantenido durante años con su padre y que había culminado en su desastroso matrimonio con Marianna, pero aquél no era el momento. Lo único que importaba era convencerla de que se quedara, de que no se fuera a Inglaterra.

–Al parecer, he llegado justo a tiempo. ¿Aún estás decidida a subir a ese transbordador?

Ianthe apartó un mechón de pelo sedoso y se lo puso detrás de la oreja, pero lo ignoró cuando se resistió a su confinamiento y volvió de inmediato a caer atractivamente sobre su rostro; se pasó la mano por la falda del vestido con nerviosismo, y su rostro adoptó una expresión pensativa, casi absorta.

–Adoro esta isla –murmuró con suavidad–; me va a resultar muy difícil volver a casa y dejar este lugar... dejarte a ti, Lysander.

–Entonces, no te vayas. Quédate conmigo.

–Pero...

–No me refiero a que te quedes sólo hasta el fin de tus vacaciones, estoy hablando de mucho más tiempo.

–¿Qué es lo que estás diciendo exactamente? –preguntó Ianthe.

Lysander se puso de pie y alargó la mano para ayudarla a levantarse, y ella levantó la mirada hacia él, sorprendida.

–Estoy diciendo que quiero que te quedes en Grecia y que te cases conmigo.

–*¿Que me case contigo?*

Ella pareció quedarse estupefacta, pero Lysander no sabía si su sorpresa significaba que estaba horrorizada o feliz.

–¿Te parece una idea tan descabellada?

Al ver que él fruncía el ceño en un gesto angustiado, Ianthe se apresuró a tranquilizarlo.

–¡Claro que no me parece descabellada! Sólo estoy... estoy abrumada, nada más.

–Mientras corría enloquecido desde el hotel para impedir que tomaras el transbordador, me di cuenta de que casarme contigo es lo único que deseo, lo único que puede hacerme feliz.

Lysander la iba atrayendo hacia su cuerpo mientras hablaba, pero ella le puso una mano en el pecho para detenerlo cuando los labios masculinos empezaron a descender tentadoramente sobre los suyos.

–Lysander, no tienes que pedirme que me case contigo para conseguir que me quede, me quedaría de todas formas si tú quisieras.

Aquello lo detuvo en seco, y por un momento se la quedó mirando con gran seriedad, mientras prácticamente la devoraba con su brillante mirada.

–Eso es todo lo que necesito saber. La verdad es que creo que capturaste mi corazón desde el primer momento en que te vi, contemplando el cuadro de Ifigenia en la galería; había tanto fuego y pasión en tus ojos... ¿cómo habría podido resistirme? Así que ya lo ves, no voy a conformarme con nada que no sea convertirte en mi esposa.

Lysander estaba casi aterrorizado al sentir tanta felicidad; justo cuando prácticamente se había resignado a permanecer soltero toda su vida, porque no soportaba la idea de que volvieran a traicionarlo, se había enamorado de Ianthe. Era una mujer que realmente lo amaba por sí mismo, no por su dinero o su posición social, ni para satisfacer sus ambiciones; compartía sus intereses y sus pasiones, y él quería envejecer a su lado. Además, estaba seguro de que sería una madre maravillosa con los hijos que tuvieran la fortuna de concebir.

Se había sentido aterrorizado cuando había llegado al hotel y la rígida recepcionista le había dicho que la «señorita Dane» se había ido de regreso a Inglaterra, y le agradeció a Dios que le hubiera permitido alcanzarla a tiempo.

–De acuerdo –dijo entonces Ianthe.

Suspiró contra el pecho masculino, inhalando su aroma como si fuera oxígeno puro, tan eufórica y feliz que casi le daba vueltas la cabeza, aunque aquella vez no tenía la más mínima intención de desmayarse. Quería estar con los pies firmemente plantados en el suelo cuando le dijera las palabras que se arremolinaban dentro de ella, impacientes por brotar de sus labios.

–Me casaré contigo, Lysander. Me casaré contigo, porque si no lo hago, sé que pasaría el resto de mi vida sintiéndome desdichada, como si me faltara una parte esencial de mí misma.

–Entonces, será mejor que celebremos la ceremonia cuanto antes, para asegurarnos de que no te suceda tal cosa –bromeó él, levantando ligeramente la cabeza de Ianthe con un dedo bajo su barbilla.

La sonrisa de ella se desvaneció al ver aquel rostro tan atractivo y la mirada de devoción desnuda que brillaba en los ojos azules; acarició su mandíbula, fascinada por su firmeza, y disfrutó del cálido placer de saber que ella podía tomarse aquellas libertades. Al cabo de unos segundos, pudo decir:

–Me parece bien. Pero antes quiero dejar claro que nunca te seré infiel, que nunca te haré daño deliberadamente, y que te querría igual de apasionadamente, con todo mi corazón, si fueras pobre. Además, tengo mi propio dinero; antes de marcharme, vendí mi negocio, y... bueno, no es que valiera una fortuna, pero tengo mis ahorros. Cuando llame a casa, puedo preguntar si... –se detuvo, parpadeó con perplejidad y le preguntó con inquietud–: ¿por qué me miras así?

Lysander acarició su ceño fruncido, y la miró con una gran sonrisa en los labios.

–No me había dado cuenta de que hablabas tanto.

Ianthe se sonrojó y se tensó un poco en sus brazos, un poco tímida de pronto. Lysander le apartó el pelo de la frente, y le murmuró unas tiernas palabras en griego al oído; su sonrisa se ensanchó cuando la vio sonrojarse aún más.

–¿Qué significa lo que me has dicho? –preguntó Ianthe con voz suave; adoraba el sonido de aquel idioma en los labios de él, le resultaba increíblemente sexy.

–Significa que si dejas de hablar un momento, podré besarte...

–No suelo hablar tanto –explicó ella, y le temblaron las piernas al ver la mirada posesiva y hambrienta de él–; sólo lo hago cuando estoy realmente emocionada... y feliz –añadió, y sus ojos oscuros se posaron con descarado deseo en la boca de él.

–¿Ianthe?

–¿Qué?

–Sería fantástico que te callaras ahora mismo.

–Vale.

Los labios de él cubrieron los suyos, a plena vista de la gente que subía al transbordador y de los sonrientes clientes de la taberna, y las palabras desaparecieron de la cabeza de Ianthe como hojas arrastradas por una fiera ráfaga de viento.

Cuando finalmente Lysander levantó la cabeza, Ianthe deseó que el mundo entero pudiera experimentar una felicidad tan completa como la que ella sentía en aquel momento.

Epílogo

Un año después...

Lysander se volvió en la cama para abrazar el cálido cuerpo de su esposa, y se despertó de inmediato al darse cuenta de que estaba intentando arrimarse a un espacio vacío. Puso los pies en la gruesa alfombra, miró en la cuna que había al lado de la cama, y frunció el ceño. También estaba vacía.

Tras ponerse apresuradamente unos mocasines de cuero, salió del lujoso dormitorio del nuevo yate, al que había bautizado con el nombre de su esposa, y subió de dos en dos los escalones que llevaban a la cubierta principal.

Al ver la imagen que lo esperaba al llegar arriba, sintió que estaba ante la obra de arte más maravillosa del mundo: su mujer y su hija, enmarcadas contra el telón de fondo de un océano bañado por la luz de la luna.

Ianthe llevaba un largo camisón blanco, y su largo cabello le caía por la espalda; acunaba tiernamente a su hija en los brazos, y al ver aquella estampa angelical, a Lysander se le hizo un nudo en la garganta.

Al darse cuenta de que su hija y ella ya no estaban a solas, en compañía sólo de la luna y el océano, Ianthe miró con una sonrisa llena de amor a su apuesto marido; con el pelo revuelto y el pecho desnudo, cubierto sólo por los pantalones de seda del pijama, la dejó sin aliento.

–¿Qué estás haciendo aquí fuera? –preguntó él, con voz ronca y un poco preocupada, cuando se puso a su lado en la barandilla.

–Le estaba enseñando las estrellas a Polly –murmuró Ianthe; cuando el brazo de Lysander la rodeó por la cintura en un gesto posesivo, la recorrió un escalofrío de felicidad–. ¿Las has visto?, debe de haber millones... –Ianthe volvió a levantar la vista hacia el cielo, con ojos maravillados.

Lysander apartó reacio la mirada del exquisito rostro de su mujer, increíblemente hermoso bajo la luz de la luna, y miró hacia arriba obedientemente. Tras contemplar durante unos segundos la manta plateada centelleante que cubría el cielo, bajó la cabeza y posó un breve pero tierno beso en la suave mejilla de Ianthe.

–En este momento sólo me interesan dos estrellas, amor mío –le dijo, sonriente.

–Lysander... –Ianthe se volvió hacia él, y la recorrió una fugaz ráfaga de miedo. Su corazón se aceleró un poco cuando lo miró a los ojos, y admitió–: a veces soy tan feliz, que me da miedo. Como ahora, con los tres juntos bajo un cielo nocturno tan increíble, y cuando todo es tan perfecto. Tengo miedo de que no dure... de que pase algo que lo estropee, que nos lastime.

Incluso antes de conocer a su marido en la isla, cuando una serie de circunstancias la habían empujado a embarcarse en una búsqueda personal para cambiar su vida, Ianthe había decidido cambiar su actitud cauta, poner algo de fe y confianza en el destino en vez de intentar buscar siempre una sensación de seguridad.

Su decisión había valido la pena, porque había conocido al hombre de sus sueños, y se había rendido ante lo que sentía por él, en vez de creer que un futuro juntos era imposible. El resultado había sido una hermosa hija, cuyo nombre habían elegido en honor a su querida y muy añorada amiga. Además, Lysander había arreglado las cosas con su padre, y ella había hecho lo mismo con los suyos. Junto con la maravillosa madre de Lysander, Galatea, eran las dos parejas de abuelos más cariñosos del mundo con la pequeña Polly.

–No tengas miedo, Ianthe –dijo Lysander. Acariciando la mejilla de su esposa, bajó la mirada a la niña dormida que ella tenía en los brazos, y con una sonrisa llena de seguridad y de amor, añadió–: no nos va a pasar nada malo a ninguno de nosotros, porque nos merecemos esta felicidad. Tú y yo somos aventureros, hemos luchado contra mares embravecidos y hemos encontrado nuestro tesoro. ¿No sabes que el universo le sonríe a los valientes como nosotros?

Lo dijo con tanta confianza y firmeza, que todos los temores de Ianthe desaparecieron, y sintió por fin una gran paz; levantó la cabeza para que él la besara, y después de que su devoto marido obedeciera gustoso, regresaron lentamente al dormitorio.

Poco tiempo después, Lysander tenía a su hermosa mujer justo donde la quería: en su cama, rodeada por sus brazos y acurrucada contra él, mientras su hija dormía tranquila y segura junto a ellos.